KB195658

생성 AI 시대의 고전문학

생성 AI 시대의 고전문학

© 중앙대학교 인문콘텐츠연구소, 2024

1판 1쇄 인쇄__2024년 10월 20일
1판 1쇄 발행__2024년 10월 25일

기 획__중앙대학교 인문콘텐츠연구소
지은이__이명현·유형동·김지우·권대훈·강유진
펴낸이__양정섭

펴낸곳__경진출판
　　　　등록__제2010-000004호
　　　　이메일__mykyungjin@daum.net
　　　　스마트스토어__https://smartstore.naver.com/kyungjinpub
　　　　사업장주소__서울특별시 금천구 시흥대로 57길 17(시흥동, 영광빌딩), 203호
　　　　전화__070-7550-7776 팩스__02-806-7282

값 15,000원
ISBN 979-11-93985-38-0 93810

※ 이 도서의 국립중앙도서관 출판예정도서목록(CIP)은 서지정보유통지원시스템 홈페이지(http://seoji.nl.go.kr)와 국가자료
　공동목록시스템(http://www.nl.go.kr/kolisnet)에서 이용하실 수 있습니다. (CIP제어번호: 2020021918)
※ 이 저서는 2017년 대한민국 교육부와 한국연구재단의 지원을 받아 수행된 연구임 (NRF-2017S1A6A3A01078538)

생성 AI 시대의 고전문학

중앙대학교 인문콘텐츠연구소 기획

이명현·유형동·김지우·권대훈·강유진 지음

경진
출판

머리말

　2016년 이세돌 기사와 알파고의 바둑 대결은 인류에게 충격을 안겨 주었다. 그전까지 인공지능은 SF 영화에 나오는 미래의 기술이었지만, 알파고의 등장으로 우리의 현실이 되었다. 챗봇, AI 화가, AI 소설가, 자율주행차 등 다양한 인공지능이 인간의 일상으로 파고들었고, 2022년 11월에 GPT-3.5가 출시되면서 인공지능은 우리 삶의 동반자가 되어 가고 있다.

　과학 기술의 발전과 생성 AI 등장은 인간의 삶의 방식을 근본적으로 바꾸어 놓고 있다. 알파고가 등장하였을 때 인류는 AI가 만들어 낼 미래에 대한 두려움이 있었다. 지금도 막연한 공포는 여전히 존재하지만, AI가 주는 편리함이 불안을 대체하고 있다. AI는 빅데이터에 기반한 방대한 지식을 갖고 있다. 어떤 개인도 AI의 방대한 데이터에 필적할 수 없다. 이제 필요한 것은 인간이 어떻게 AI를 활용하여 AI와 더불어 살 것인가 하는 문제이다.

　고전문학 연구자 역시 생성 AI 시대 고전문학의 길을 묻고 답해야 한다. 급격한 변화의 시대 고전문학의 가치는 무엇이고, 어떻게 새로운 세대에게 고전문학을 가르치고 향유하게 할 것인지 고민하고 연구해야 한다. 물론 이러한 질문과 답변은 연구자 한 개인의 역량으로 해결될 수 있는 것이 아니다. 많은 연구자들이 함께 고민하고 서로 토론하면서 길을 찾아야 할 것이다. 필자는 이 책에서는 생성 AI 시대 고전문학의 가치, 인공지능을 활용한 고전문학 교육 방안, Chat GPT와 고전서사 리텔링 등에 대한 화두를 던지고자 한다. 이를 계기로 고전문학과 생성 AI에 대한 논의가 심화되기를 희망한다.

이 책은 2019년부터 올해까지 함께 공부하고 연구한 '고전문학과 생성 AI 융합 연구' 성과를 모은 것이다. 이 책은 기존의 공저와는 성격이 다르다. 개별 저자의 글을 모아서 묶은 방식이 아니라, 대표 저자가 동료, 후배, 제자들과 같이 쓴 글을 엮어서 재구성한 것이다. 필자는 2018년 고전문학과 인공지능의 융합 연구 시도하면서 단독으로 연구를 진행할 역량이 부족하다는 것을 깨달았다. 필자는 동료, 후배, 제자들과 함께 파이썬을 학습하고, 함께 챗봇을 설계하고, Chat GPT를 공부하였다. 유형동 교수와 함께 인공지능 시대 고전문학의 가치와 교육 방안 연구를 진행하였고, 제자인 김지우, 강유진과 함께 고전소설 챗봇을 만들고, 이를 활용한 고전소설 교육 방안을 제시하였다. 그리고 김지우, 권대훈과 Chat GPT를 활용한 고전문학 리텔링을 공동 연구하였다. 함께 공부하며 성장하는 과정은 큰 기쁨이었고, 그 결과물을 세상에 내보일 수 있게 되어 감사하다.

필자는 HK 인공지능인문학 사업단에 참여하면서 동료, 후배, 제자들과 함께 공부하고, 연구할 기회를 얻었다. 이 자리를 빌려 연구 기회를 주신 사업단 이찬규 단장님께 감사 말씀을 드린다. 또한 인공지능인문학 사업단 구성원들의 협력과 조언 덕분에 한걸음 한걸음씩 연구를 진척시킬 수 있었다. 학문공동체의 질정이 없었다면 제자리걸음만 하면서 같은 자리를 맴돌고 있었을 것이다.

갈수록 어려워지는 출판계의 불황에도 별다른 이득 없이 흔쾌히 이 책을 만들어 주신 경진출판 양정섭 사장님께 감사드린다. 지지부진한 원고 집필과 늘어지는 교정 작업에도 지속적인 신뢰를 주신 덕분에 부족한 원고가 한 권의 책으로 나오게 되었다. 이 책은 집필진의 힘만으로 완성되지 않았다. 일정 조정, 원고 수합, 교정 등 김규연, 이홍석 대학원생의 노고가 책 곳곳에 스며 있다.

2024년 9월 필자들을 대표하여
이명현 씀

차례

제3부 챗봇과 고전소설

제 1 부

인공지능 시대 고전문학의 가치 모색

제1장 인공지능 시대에 고전문학을 활용한 창의적 표현 교육 방안

1. 서론

최근 인공지능에 대한 각종 전망이 쏟아지고 있다. 자율주행차 등 인공지능을 활용한 첨단 과학 기술의 개발, 문학, 음악, 회화 등 예술 분야에서 인공지능을 접목한 새로운 창작 활동, 일상까지 파고 드는 챗봇 등 인간의 삶 곳곳에 인공지능이 만들어 내는 변화가 주목 받고 있다. 인공지능을 비롯한 과학 기술의 발전은 인문학 연구와 사회적 담론 형성에도 밀접한 관계를 형성하고 있다. 인공지능의 등장으로 인해 인간 이해에 대한 새로운 관점과 융합적 연구 방법론 이 등장하고 있다. 인간지능과 인공지능의 차이, 인간 고유의 변별성, '지능, 감정, 인식, 직관' 등에 대한 인지과학적 논의 등이 그러하다. 또한 새롭게 등장한 인공지능과 과학 기술에 대한 사회 윤리적 논란도 중요하게 논의되고 있다. 인공지능으로 인한 일자리 감소와 사회 양극화에 대한 부정적 전망과 해결책에 대한 관심이 지대하고, 자율판단형 살상 로봇(킬러 로봇)의 등장이 가시화되면서 '사람을 위해 발명된 인공지능이 사람을 위해 살인하는 것이 정당한가?'라는 논란이 가속화되고 있으며, 자율 주행 자동차가 탑승자와 보행자 중 택일해야 하는 트롤리 딜레마 등 인공지능의 판단 및 책임과 윤리 문제에 대한 논쟁이 진행 중이다. 그 외에도 섹스 로봇의 개발과 윤리적 문제, 성적 욕망이 투사된 로봇 개발과 그로 인한 성적 편견의 조장, 인공지능의 법적 지위, 인공지능의 지적 재산권 문제 등 다양한 방면에서 논쟁과 연구가 진행되고 있다.

그런데 이러한 변화의 시대에 한국 고전문학은 어떠한 방식으로 존재 가치와 의의를 유지할 수 있는지 깊이 성찰해야 할 필요가 있다. 민족문학과 전통으로서 고전문학의 가치, 인간의 삶의 총체성을 드러내는 문학으로 고전문학의 의의를 반복하는 것은 고전문학이 여전히 유효하다는 당위적 주장일 뿐 과학 기술이 주도하는 인공지능 시대의 현실적 대안이라고 할 수 없다.

고전문학의 인문학적 가치가 인공지능 시대의 패러다임과 융합할 수 있는 방식, 구체적으로 인공지능 시대에 고전문학을 어떻게 감상하고 교육할 것인가에 대한 실질적 방안에 대한 논의와 연구가 요청되고 있다.[1] 이 글에서는 바로 이러한 측면에서 창의적 고전문학

---

1) 최근 인공지능과 고전문학의 관계를 탐구하는 연구가 진행되기 시작하였다. 권기성(2018), 김종철(2018), 김성문(2018), 강우규·김바로(2018), 강우규·김바로(2019), 배은한·박용범·허철(2019) 등의 연구자가 인공지능 시대 고전문학 연구의 새로운 방향을 모색하고 있다. 현재 진행된 연구의 대부분은 인공지능을 활용한 고전문학 연구 방법론에 초점이 맞추어져 있다. 이 연구들은 인공지능을 고전문학 연구를 위한 도구적 관점에서 접근하고 있는 것이다. 이와 달리 김성문(2018)과 김종철(2018)은 인공지능, 기계의 자율성과 시스템이라는 측면에 주목하여 고전문학을 살펴보았다. 김성문(2018)은 고전문학의 상상력과 인공지능과의 연계에 대해 논의하였는데, 자명고, 만파식적 등 자율적

교육 방안을 모색하고자 한다.2)

2. 인공지능 시대에 창의적 고전문학 교육의 필요성

인공지능 시대란 인간 고유의 영역이라고 생각했던 삶의 다양한 국면을 인공지능이 대체하는 시대를 말한다. 현재 인공지능의 빠른 데이터 처리 속도, 처리의 메커니즘(알고리즘) 등을 활용하여 이성, 감정(혹은 감성) 등 인간의 고유 영역을 대체하고자 하는 다양한 시도가 계속되고 있다. 철학과 문학 등 인문학의 영역에서는 윤리의 문제와 인간의 존엄성에 기댄 존재론적 문제 등을 다루면서 인간과 인공지능의 본질적 차이를 강조하는 당위적 주장이 여전히 존재한다. 그러나 이세돌을 이긴 알파고, 〈컴퓨터가 소설을 쓰는 날(コンピュータが小説を書く日)〉3)을 창작한 인공지능의 사례에서 확인할 수 있듯

기계와 인공지능의 유비적 관계에 대해 고찰하였고, 김종철(2018)은 고전문학 교육에서 과학 기술이 초래할 문제에 대한 대응이 필요하고, 이를 위해 박지원의 작품을 사이버네틱스의 관점에서 분석하여 과학 기술이 제기하고 있는 쟁점을 고전문학 교육에 접목하는 논의를 펼쳤다. 이상의 논의는 현 단계에서 고전문학 연구의 새로운 방향성 정립이라는 의의를 가진다. 그러나 인공지능과 포스트휴먼의 사유방식을 고전문학에 적용하는 데 이르지는 못하였다. 이 글에서는 선행연구의 토대를 기반으로 한 걸음 더 나가기 위하여 포스트휴먼 시대 인공지능에 적용되는 패러다임을 고전문학 교육에 적용하는 방안을 논의하고자 한다. 이 연구는 시론적 성격을 지니기 때문에 학문적 방법론 수립이나 연구의 체계를 정립하는 것은 차후 과제로 넘기고, 인공지능 시대의 새로운 패러다임을 적용하여 고전문학을 이해하고 창의적으로 감상하는 방법에 대해 논의하고자 한다.

2) 이 글에서는 인공지능 시대의 새로운 패러다임을 적용하여 고전문학 교육 방안을 모색하는 시론적 성격의 연구를 다루기 때문에 새로운 고전문학 교육의 필요성과 방향, 인공지능 패러다임을 적용한 교육 방안 등을 큰 틀에서 구상하고자 한다. 교육 대상 및 그에 따른 작품 선정, 커리큘럼, 세부 교육 일정, 교육 효과 등 세부적이고 자세한 사항은 추후 지속적인 논의를 통해 구체화하고자 한다.

3) 이 작품은 2016년 나고야대학 대학원공학연구과 사토(佐藤)·마츠자키(松崎)연구실에서 진행한 'AI 소설 프로젝트'의 결과물 중 하나이다. 일본의 SF소설 공모전인 호시 신이치

이 인간지능과 인공지능의 격차는 점차 줄어들고 있고, 인간과 인공지능이 상호 공존하는 시대는 이미 진행 중이다.

인공지능 시대의 핵심적인 과학 기술 분야는 인공지능, 사물인터넷, 빅데이터이다. 사물과 연결된 인터넷(IoT)을 통해서 각종 데이터가 수집·분석·활용되고, 이렇게 구축된 데이터를 기반으로 하여 인공지능이 스스로 학습하고 예측하여 적시 적소에 합당한 행동을 수행하는 것이다(안종배, 2017: 22). 이로써 사람과 사람, 사람과 사물, 사물과 사물, 나아가서 사물과 자연, 자연과 건물 등 다양한 존재들이 연결될 수 있다. 이것이 바로 초연결(Hyper-connected)이며, 초연결이야말로 인공지능 시대의 중요한 키워드 가운데 하나이다.

인공지능 시대의 초연결은 교육환경의 변화와 새로운 교육 방식의 모색할 수 있도록 한다. 우리의 일상이 스마트폰이나 웨어러블 스마트기기를 활용하여 개인의 맞춤식 환경이 만들어지는 것과 마찬가지로 교육환경에서도 스마트기기와 사물인터넷을 활용하여 인터랙티브한 학습 환경을 구축하고 있다. 학습자는 학습에 필요한 대상, 예를 들면 교재, 미디어 자료, 사물 등에 자유롭게 접속하여 커뮤니케이션함으로써 자신의 흥미나 수준에 따른 즉각적인 맞춤식 피드백을 받는 것이 가능해졌다. 빅데이터는 학습자의 학습 과정에 관한 데이터를 추적하며, 인공지능은 학습 수준을 분석하여 각 학습자에게 맞는 학습 목표, 전략 및 내용 등 맞춤형·적응형 학습을 제공할 수 있게 되었다.

이러한 학습 환경의 변화는 교수자가 학습자에게 일방적으로 정

상(星新一賞)에 응모해 1차 예선을 통과했다. 인간이 맥락을 정하고 AI가 어휘를 선택해 문장을 구성하는 방식으로 창작되었으며, ゆうれいwriter(유령작가)라는 이름으로 응모되었다.

보를 전달하는 교육 방식에서 벗어나 교수자와 학습자가 상호 작용하는 방식, 개별 학습자의 자기주도적 학습과 지식을 활용하는 방식으로 변모를 촉진하고 있다. 이에 따라 교수자도 전통적인 교수자에서 벗어나 동기 부여자나 카운슬러, 멘토로서의 역할을 담당해야 한다(안종배, 2017: 28~29).

이와 같이 교육환경이 변화하고 있는 시점에서 고전문학 교육의 현실은 어떠한지 돌아볼 필요가 있다. 우리나라 학교 교육에서 고전문학 교육이 본격적으로 이루어지기 시작한 것은 해방 이후의 일로, 20세기 초기부터 시작된 고전문학 연구의 성과를 기반으로 출발하였다. 고전문학이 교과 과정에서 대표적인 정전(正典)[4]으로 자리 잡은 것은 일제강점기와 대한민국 정부 수립 과정을 거치면서 민족과 국가라는 기치 아래 국민을 문화·정치·사회적으로 통합하기에 적절한 텍스트였기 때문이다. 광복 이후 새롭게 건국된 국가의 문화적 정체성을 수립하기 위해서는 다른 나라들과 구별되는 역사적·사회적 통합의식이 필요하였고, 이를 위해서 고전문학을 정전화(正典化)하여 집단을 통합하는 권위 혹은 표준의 중심을 만들어 내었다(하루오 시라네 편, 왕숙영 역, 2002: 39~43). 정전화된 고전문학은 만들어진 전통으로 근대민족 국가의 필요에 의해서 호명되었고, 그 당대의 요구(이데올로기, 국가정신 등)에 의해 모범적인 전형으로 제시된 것이다(에릭 홉스봄 외, 박지향 역, 2004: 17~43).

그렇기 때문에 고전문학 연구도 대체로 민족문학과 전통의 관점에서 전개되었고, 고전문학 교육도 주로 민족문화, 민족문학, 전통

---

4) 정전(正典; canon)이란 말은 상대적으로 높은 가치를 부여받고 보존되는 텍스트들을 총칭하며, 위대하다고 간주되는 작품들의 총합이라는 의미를 가진다(정재찬, 1997: 209~210).

등의 범주에서 기획되었으며, 교육 대상 작품은 '명작' 또는 '걸작'으로서의 '고전(classic)'보다 장르와 시대의 '대표작' 위주로 선정되는 경향을 보여 왔다. 그 결과 고전문학 교육은 초·중등교육에서는 국어교육[인문교육+기초교육]의 한 영역을, 고등교육에서는 교양교육[인문교육]의 한 영역을 차지하고 있으면서 그 기본 성격은 민족문학 교육을 크게 벗어나지 않고 있다(김종철, 2018: 14~15). 민족문학은 민족 전체의 삶의 의미와 그 역사적 조건에 대한 철저한 이해를 기본적인 전제로 삼기 때문에 민족문학적 관점을 취하는 고전문학 교육은 문학 교육이기보다는 민족(문화)교육의 방향으로 전개된다.[5]

민족문학적 관점의 고전문학연구와 교육이 일제강점기에서 해방과 분단, 민주화 등 우리 민족이 거쳐 온 시대의 요청으로 성립된 것이었다면, 이제 도래한 인공지능 시대가 요구하는 고전문학 교육의 방향은 무엇인지 고민해보아야 한다. 물론 근본적인 질문, 예를 들면 '인공지능 시대에 여전히 고전문학은 가치가 있는가?', '인공지능 시대에 민족문학과 전통으로서 고전문학의 가치, 인간의 삶의 총체성을 드러내는 문학으로 고전문학의 의의를 주장하는 것은 어떠한 의미가 있는가?'와 같은 논의가 필요할 것이다.[6] 그러나 이러한 원론적 논의를 통해서 고전문학의 가치는 여전히 유효하다는 동

---

5) 여기에서 중요한 것은 고전문학 교육은 문학 교육이어야 한다는 것이다. 고전문학을 주석 달기의 장이나 '주제 찾기'를 통해 시대를 읽는 창으로만 소비해서는 안 된다. 기존의 정전 중심의 고전문학 교육은 텍스트에 대한 엄숙성, 훼손 불가능, 단일한 민족정신의 정수 등을 강조하기 때문에 학습자들이 고전문학을 다양한 해석이 가능한 문학으로 감상하기 어렵게 만든다(이명현, 2015: 142~143).

6) 이를 위해서는 인공지능 시대의 고전문학의 가치가 무엇인가에 대한 논의부터 시작해야 할 것이다. 그러나 이에 대해서는 앞에서 밝힌 김종철(2018), 김성문(2018), 강우규·김바로(2019) 등의 선행연구에서 밝힌 논의로 대체하기로 하고, 이 글에서는 고전문학을 어떠한 방법으로 감상하고 교육할 것인지에 대해 논의의 초점을 맞추고자 한다.

어반복적 결론을 역설하기보다는 인공지능과 포스트휴먼의 등장이라는 새로운 패러다임을 수용하는 방법을 모색할 필요가 있다.

인공지능은 빅데이터를 기반으로 운영된다. 빅데이터는 단순히 정보의 총량이 팽창되는 것을 의미하지 않는다. 조작이 용이한 디지털 데이터에 대한 연산력(computing power)이 기하급수적으로 향상되면서 정보의 계열과 위계가 실증적으로 수치화되는 것이다(에레즈 에이든·장바티스트 미셸, 김재중 역, 2016: 16). 따라서 정보의 계열과 위계의 관계를 해석하는 정보를 기반으로 한 창의성이 무엇보다 요구된다.[7]

그렇기 때문에 빅데이터를 기반으로 하는 인공지능 시대에 무엇보다 요청되는 고전문학 교육은 텍스트 감상을 통한 자기주도적인 정보 획득과 창의적 해석, 텍스트의 정보와 컨텍스트의 정보의 창의적 연결과 체계적 분석 능력이라 할 수 있다.[8] 즉, 창의적 '과정'에 초점을 두어 문제 해결 과정 자체에 주목하는 교육이다.

인공지능 시대의 고전문학 교육에서 주목해야 하는 것은 바로 과정의 창의성이다. 새로운 교육 방안을 제시한다는 것은 곧 작품 이해 과정의 창의성을 의미하는 것이기 때문이다. 주제 찾기, 주석 달기에서 벗어나 작품 자체의 감상에 집중하며, 여러 가지 정보를 활용하여 작품의 본질에 다가가는 고전문학 교육 방안은 작품의 이해라는 결

---

7) 이로 인해 우리 사회의 본질을 더 효율적으로 탐색할 수 있는 관찰 도구를 창조할 수 있고, 인문학, 사회과학의 전통적 연구방식을 변형시키고, 학문과 사회적 산업의 관계를 재조정할 수 있게 될 것이다.

8) 여기에서 창의성은 창의성의 관계망인 4P(환경(press), 인간(person), 과정(process), 산물(product)) 가운데 산물의 특성에서 '창의성'의 의미를 찾으려는 관점으로 설명할 수 있다. 즉 창의성이 있다고 판명된 산출물이 지니고 있는 특성이 주로 '새롭고 적절한' 것인데, 이를 바탕으로 창의성을 정의하려는 것이다(신명선, 2009: 306~307).

과에 이르는 과정이 새롭다는 점에서 창의적이다. 비록 도출된 감상과 이해의 결과가 기존의 것과 유사하다고 하더라도 그것에 이르는 과정이 새로운 것이었기 때문에 그 자체로 창의성을 인정할 수 있다. 결국 우리가 맞이한 인공지능 시대에 고전문학 교육 과정에서 필요한 것은 고전문학을 감상하는 시각의 창의성, 고전문학 이해 과정의 창의성이다.

그렇다면, 고전문학 이해의 과정의 창의성은 어떻게 마련될 수 있을까? 4차 산업혁명 시대라고도 일컫는 인공지능 시대에 새로운 교육의 방향과 방법이 적용되어야 한다는 주장은 매우 타당하다. 이러한 주장은 대체로 표준화, 규격화, 정형화로 대변되는 기존의 교육 방향에서 벗어나서 다양성, 창의성, 유연성을 강화해야 한다는 내용을 담고 있다. 뛰어난 정보 처리 속도를 지닌 인공지능의 지식습득 능력을 인간이 따라가는 것은 매우 요원한 일이므로 인간 고유의 능력인 창의성, 자율성, 감성 등을 강화하는 교육의 장이 마련되어야 한다는 것이다. 이는 "교육·문화·과학·기술 등 인간의 이성 및 감성적 능력을 포함하는 문화적 힘"(김상윤, 2016: 5)을 의미하는 소프트파워의 중요성을 강조하는 것이다. 이는 결국 인간의 고유한 특성을 바탕으로 인공지능 시대를 대비하고 적응하는 방식의 교육 방향이라고 할 수 있다.

그리고 인공지능의 특성을 이해하고, 이를 교육 방향에 적용하는 방식을 고려해야 한다. 인공지능의 알고리즘을 이해하고, 알고리즘에 기반을 둔 사고체계를 고전문학 교육에 적용함으로써 학습자에게 자연스럽게 인공지능과 인문학의 융합적 사고를 가능하게 하는 방안을 찾아야 한다. 융합적 사고는 인문학과 과학적 사고를 다양하게 연결하며 새로운 시각을 지니고 문제 상황에 유연하게 대처할 수 있는 창의적 문제 해결 방식이다.

인문학과 인공지능 알고리즘을 융합하는 사고체계의 대표적인 사례가 컴퓨팅 사고(Computational thinking)이다. 컴퓨팅 사고의 핵심은 정답이 정해지지 않은 문제를 논리적이고 체계적으로 해결해 나가는 과정이다. 어떤 문제가 발생했을 때 문제의 핵심을 파악하고, 구조화·추상화하며 적절한 알고리즘을 도입해 단계적이고 체계적으로 문제를 해결해 나아간다. 이를 위해서 적절한 자료를 수집하고, 자료의 의미를 확인하고 일정한 패턴을 찾아내는 분석 과정을 순환적이고 반복적으로 수행한다. 이러한 과정을 통해 문제의 해결 방안을 찾아내는 것이다.

고전문학 교육에서 컴퓨팅 사고는 작품의 단계적 이해와 다시 쓰기 등 해석의 확장에 적용할 수 있다. 반복적이고 깊이 있는 읽기를 일정한 절차에 따라 진행하며 문학 작품 속에서 문제를 인식하고, 그것을 작은 단위로 쪼개면서 문제의 본질을 확인할 수 있다. 나아가서 이러한 문제를 담지하고 있는 또 다른 작품의 세계를 대입해 봄으로써 문제 해결이 어떠한 방식으로 이루어지는지 패턴을 확인할 수 있다. 다음 장에서 이와 같은 방식을 고전문학 교육에 어떻게 적용할지에 대해 구체적으로 살펴보기로 한다.

3. 컴퓨팅 사고를 적용한 단계적 고전문학 이해와 표현 교육

포스트휴먼 시대 인공지능에 적용되는 사유 방식을 고전문학 교육에 적용하는 방법론을 모색할 때, 컴퓨팅 사고를 적용하여 고전문학을 이해하고 이를 바탕으로 고전문학을 새롭게 재해석하는 방안을 가장 먼저 고려해야 한다. 앞에서 살펴보았듯이 창의성은 그 관계망을 구성하는 4P 중 무엇에 방점을 찍어서 바라보는가에 따라 조금씩 달리 해석될 수 있다. 그러나 주로 과정과 결과의 새로움을 창의성이라고 이해하는 경향이 있다.

창의적 과정이란 문제 해결 과정 자체가 기존과 다름을 의미하며, 새로운 가설을 세우고 가설을 변형시키는 과정을 모두 가리킨다. 이 과정에서 기존의 것을 변형시켜 새로운 것을 창출하거나 사물을 다른 방식으로 볼 수 있는 능력, 또는 개념 간에 새로운 관계를 설립하는 것이 창의적인 결과로 이어진다. 따라서 창의성은 문제 해결 능력과 밀접한 관계를 지니고 있고, 이를 통해 컴퓨팅 사고를 문제 해결 과정에 적용할 수 있다.

윙(Wing)에 따르면 컴퓨팅 사고는 일상생활의 문제를 해결하기 위한 사고의 방법 및 개념화, 즉 창의적, 논리적, 계산적 사고를 통해 실생활의 다양한 문제를 발견하고 접근하여 최적화된 문제 해결 방법을 찾아가는 사고 능력을 의미하며(이경희·조정원, 2019), 문제 해석하기 → 패턴/규칙 파악하기 → 추상화하기 → 알고리즘 만들기의 단계로 구성된다(Wing, 2006).

문제 해석하기 단계에서는 문제, 자료, 과정을 해결할 수 있는 가장 작은 단위로 세분화하며, 패턴/규칙 파악하기 단계에서는 처리 과정, 데이터 등의 안에 있는 패턴이나 추세, 규칙 등을 정의한다. 추상화하기 단계에서는 패턴/규칙이 들어 있는 모델을 만들어 일반화한 뒤에 반복하며, 알고리즘 단계에서는 추상화를 효율적으로 처리하기 위한 최적의 솔루션을 적용한다.

알고리즘의 간단한 정의는 '문제를 풀기 위한 세부적이고 단계적인 방법'이다. 그런데 알고리즘은 일정한 절차에 따른 동일한 결과를 의미하지 않는다. 고운기는 알고리즘과 요리 레시피를 비교하며 요리 레시피는 음식을 만들기 위해 어떤 경우라도 반드시 똑같이 해야 하는 상세한 규정이지만, 알고리즘은 정해진 결과가 없는 반복으로, 특정 조건이 실행될 때까지 반복 실행하게 만드는 명령의 집합이라고 하였다(고운기, 2018: 9).

알고리즘에서는 언제나 동일한 지시가 내려지지만, 이런 지시에 따라 매번 다른 부분이 탐색된다(슈틸러, 김세나 역, 2017: 17). 이것은 중심점에서 부채꼴로 뻗어나가는 알고리즘의 연산(演算) 특징이다. 슈틸러는 "기호는 모든 것의 중심점이다. 하나의 작은 점이지만, 바로 거기서부터 다양한 크기의 의미 맥락들이 뻗어 나간다. 이 중심점의 다른 한 편에는 폐쇄적인 형식을 활짝 열어주는 부채꼴 모양의 무언가가 있다. 이 덕분에 규칙에 따라 기호 시퀀스들을 변형시킬 수 있는 것이다. 이 변형 가능성의 원뿌리가 알고리즘이다."(슈틸러, 김세나 역, 2017: 86)라고 하였다. 즉 알고리즘적 사유는 중앙적인 결정에 국한되지 않으며 분산적 구조가 생성되는 데 본질적으로 기여하고(슈틸러, 김세나 역, 2017: 243), 과정과 절차의 논리적 사고를 기반으로 단계적으로 조건과 경우에 따라 다양성을 추구하는 것이라 할 수 있다.

이러한 과정과 절차 중심의 문제 해결 솔루션을 고전문학 교육에 적용하는 것이 고전문학의 단계적 이해 교육이라고 할 수 있다. 고전 작품을 분석하고 이해하는 과정에서 단계별로 구현되는 패턴을 찾아 의미화하는 것이 컴퓨팅 사고를 활용한 고전문학 교육이다. 이것은 결국 수용자가 자신을 중심으로 하여 작품을 깊게 읽고 이해할 수 있도록 돕는 모델이라고 할 수 있다. 컴퓨팅 사고를 적용하여 고전문학을 단계적으로 이해하면 지식 습득 위주의 교육에서 벗어나 고전문학에서 제기한 문제를 조건과 경우에 따라 다양한 방식으로 해석하며 고전작품을 이해할 수 있다. 이를 도식화하면 다음과 같다.

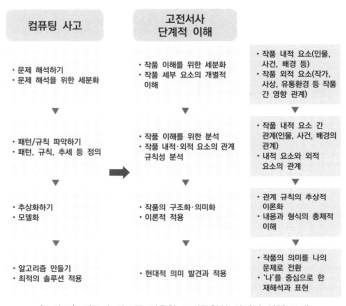

〈그림 1〉 컴퓨팅 사고를 적용한 고전문학의 단계적 이해 모델

위의 도식에서 무엇보다 중요한 것은 먼저 작품의 세부 요소를 파악하고, 작품 내적 요소와 작품 외적 요소의 관계를 이해한 뒤 이를 총체화하는 과정을 보여준다는 점이다. 이는 곧 문학 작품의 단계적 이해를 의미한다. 순차적이고 단계적인 과정을 거쳐 작품을 직관적으로 감상하는 것을 넘어서 작품의 세밀한 부분까지 탐색하고 컨텍스트까지를 종합적으로 아우르는 심화 이해로 나아가는 방법이기도 하다.

물론 기존의 문학 교육에서도 서사 구성 요소에 대한 교육을 수행하고 있다. 하지만 이 논의에서 강조하는 것은 구성 요소 이해의 순서와 절차, 그리고 구성 요소 간의 관계와 규칙성 파악이 단계적으로 이루어진다는 점이다. 이를 통해 작품이 제기하는 문제를 파악하고, 작품이 이 문제에 대해 제시한 해결이 무엇이며, 이 해결책이 당대 사회에서 가능한 것인지, 가능하지 않다면 가능하지 않은 것을 가능하게 만들기 위한 서사 장치가 무엇인지 등을 자기주도적으로 탐구하는 것이다. 이러한 과정을 수행하며 현재 '나'의 상황을 중심으로 현대의 인간과 사회의 문제에 적용하고 해결책, 즉 인문학적 솔루션을 찾는 고전문학 감상과 이해를 가능케 하는 모델을 제시한다.

컴퓨팅 사고를 적용한 고전문학의 단계적 이해 모델을 〈흥부전〉 감상과 이해 교육에 적용하면 〈그림 2〉와 같이 도식화가 가능하다.

우선 필요한 것은 작품의 감상이다. 이후 감상의 경험을 바탕으로 꼼꼼한 다시 읽기를 진행한다. 다시 읽는 단계에서는 인물, 배경, 사건 등 작품의 내적 요소는 물론이고 작품에 담긴 사상, 유통 환경, 다른 작품과의 관련성, 작품 산출의 시대적 배경 등 외적 요소도 꼼꼼하게 확인하며 읽는다. 〈흥부전〉의 경우 악한 형과 선한 동생이라는 인물의 성격과 대립적 인물 구도, 조선 후기라는 작품의 배경, 흥부와 놀부의 대립과 갈등, 흥부가 제비 다리를 고쳐주고 가난을 극복하는 문제 해결 과정, 놀부가 망하게 되는 양상 등을 살피게 된다.

다음 단계에서는 작품의 내적 요소와 외적 요소를 통합하여 작품에서 제기된 중요한 문제를 진단한다. '왜 흥부는 가난하게 살 수밖에 없는가' 하는 문제를 놀부의 욕심 때문이라는 표면적 이해를 넘어서 장자를 중심으로 하는 상속 제도와 연결하거나, 민중예술로 출발한 판소리계 소설의 특징과 흥부에 대한 향유자들의 자기 동일시 등을 문제의 원인으로 탐색한다. 앞의 단계에서 추론한 요소들을 종합하여 작품에서 던지는 문제를 검토하는 것이다.

이후 단계에서는 이를 총체적으로 다룬다. 예를 들어 부자·악인· 형과 가난뱅이·선인·동생이라는 대립적 구조를 모방담의 구조로 이 해하면서 추상화 및 개념화한다. 그리고 이러한 표면적 주제의 이면 에서 작동하는, 작품 산출과 향유 및 유통의 방식을 의미화함으로써

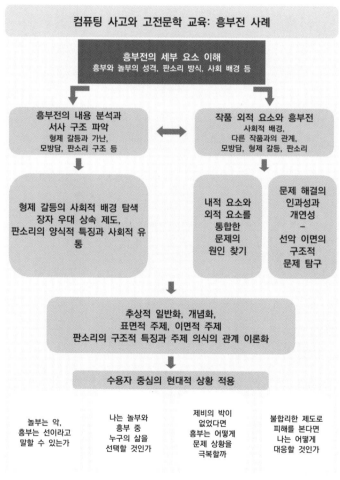

〈그림 2〉 컴퓨팅 사고를 적용한 고전문학 교육: 흥부전 사례

작품에서 제기하는 문제가 현실과 어떠한 관련을 맺고 있는지를 검토하게 된다. 이러한 과정을 단계적으로 거치면서 〈흥부전〉의 표면적 주제와 이면적 주제를 심화하여 이해할 수 있게 된다.

마지막으로 작품을 감상하고 이해하는 수용자가 현재의 자신을 중심에 두고 현대 사회에서 발생할 수 있는 유사한 문제 상황에 어떤 방식으로 대응하며 해결책을 모색할 것인가 하는 문제를 제기한다. 이것은 수용자가 스스로 문제에 대한 솔루션을 찾도록 하는 것이다. 예컨대 흥부와 놀부를 선과 악을 표상하는 인물로 볼 것인지, 지금 내가 흥부와 놀부의 삶 가운데 하나를 택한다면 어떤 삶을 선택할 것인지, 제비의 박과 같은 환상적 문제 해결이 불가능한 현대 현실사회에서는 어떻게 문제를 극복할 것인지, 내가 장자 우대 상속과 같은 제도에 의해 피해를 보게 된다면 어떤 대응을 할 것인지와 같은 상황을 설정하고 주도적이고 능동적으로 작품 내면의 의미를 찾는 된다.

컴퓨팅 사고를 적용한 고전문학의 단계적 이해는 작품을 자신의 관점에서 분석하고 이해하는 과정이고, 이것은 자신의 입장에서 작품을 재구성하여 새롭게 표현하기 위한 전 단계이다. 컴퓨팅 사고를 통한 단계적 고전문학 이해를 창의적 표현 교육으로 전이하기 위해서는 '고전문학'을 읽고 상상하고 표현하는 질료인 '문학'으로 접근해야 한다. 이것은 문학을 작가의 고정불변한 창작물로 보는 것이 아니라 수용자가 작품을 읽고 해석하는 과정에서 텍스트의 의미가 발행한다고 전제하는 것이다. 즉, 모든 스토리는 선행하는 사건 혹은 텍스트를 모방하고 변형함으로써 성립한다는 점에서 태생적으로 이차성(second degree)을 갖고, 모든 스토리는 다른 텍스트의 속편이며 추가 완결판이고, 모방이며 각색(이인화, 2014: 24)이라고 할 수 있다는 것이다.

작품의 단계적 이해를 바탕으로 서사를 구성하는 3요소인 '인물, 사건, 배경'을 중심으로 한 표현 교육 방안을 마련하였다. 이 방안이 세부 내용을 제시하면 〈표 1〉과 같다.

〈표 1〉 서사 구성 3요소를 중심으로 한 표현 교육 방안

구분	조건	경우와 관계	세부 내용
인물	자기 중심 표현	나와 작가	작품 속 등장인물 중 1명을 선택하여, 작품 속의 자신의 모습에 만족하지 못하는 점을 작가에게 따져 묻는 이야기를 만들어 보세요.
		나와 작중 인물	여러분이 작중 인물이라고 가정하고, 주요 사건의 순간에 자신의 심경을 드러내는 일기를 만들어 보세요.
		나와 작중 인물, 그리고 작중 인물	작중 인물의 입장에서 다른 등장 인물에게 보내는 편지, 유언 등을 만들어 보세요.
	역할 바꾸기	주인공과 주변인물	주인공과 주변 인물의 역할을 바꾸어 주변 인물 관점에서 전개되는 이야기를 만들어 보세요.
		선인과 악인	선인과 악인의 역할을 바꾸어 선악 등 윤리와 도덕의 문제를 성찰하는 이야기를 만들어 보세요.
		남성과 여성	남성과 여성 인물을 바꾸어 젠더의 관점에서 새로운 이야기를 만들어 보세요.
배경	시간의 변화	과거에서 현재로	옛날이야기의 시간적 배경을 그 이후, 혹은 현대로 전환하여 새롭게 재해석 해 보세요.
		과거에서 그 이전의 과거로	시간 순서의 역전, 혹은 시간적 배경의 변화를 통해 새로운 이야기를 만들어 보세요.
	공간의 변화	현실에서 또 다른 현실계로	이야기의 현실적 공간배경을 바꾸어 상황 설정을 새롭게 해보세요.
		비현실계에서 현실계로	초월계 혹은 판타지 공간의 비현실성을 경험적 현실 세계로 전환하여 이야기를 만들어 보세요.
사건	개연성	우연성과 필연성	우연적으로 발생한 사건의 숨은 원인을 만들어 보세요.
		그럴듯함을 위한 틈새 메우기	사건과 사건, 혹은 사건 간 모순으로 발생하는 빈틈을 상상하여 이야기를 만들어 보세요.
	플롯	상황 설정과 내재적 인과	이야기의 최초의 상황에 대한 변주와 이로 인한 이후 사건의 연쇄적 변화를 고려하여 이야기를 만들어 보세요.
		모티프의 연쇄와 계열화	장르를 바꾸어 모티프의 패턴화를 변주하여 이야기를 만들어 보세요.

컴퓨팅 사고를 적용한 작품의 단계적 이해는 수용자 중심의 능동

적인 이해라고 할 수 있다. 작품의 능동적 이해를 통해 얻은 해석의 지평을 다양한 형태로 확장할 때 창의적 이해가 가능하다. 위에서 언급한 것처럼 텍스트는 고정불변의 의미를 지니는 것이 아니라 수용자의 해석을 통해서 새로운 의미를 획득하게 된다. 이를 적극적으로 구현하는 것이 바로 창의적 표현 교육이다.

〈표 1〉에서 제시한 방안은 수용자가 작품을 단계적으로 분석한 뒤 현재 '나'의 상황을 적용하여 인간과 사회의 본질적 문제에 대한 해결 방안을 탐구하는 것이다. 자신을 중심으로 하여 작품 속 인물들과의 관계 맺기, 시점의 전환을 통한 작품의 재구성, 시간과 공간에 대한 입체적 인식, 문제 상황에 대한 해결 방안 모색 등 다양한 표현 활동을 통해서 작품의 의미 맥락을 창의적으로 도출하는 것이다. 이것은 공학적 알고리즘에서 확인되는 메커니즘, 즉 과정과 절차라는 단계적 논리 속에서 주어지는 변수에 따라 다양성을 추구하는 컴퓨팅 사고를 문학 교육에 적용하는 것이다. 다시 말해 창의적 표현 교육은 작품의 단계적 이해의 결과를 인간과 사회의 다양한 문제 해결 방안으로 확장하는 표현 교육이라 할 수 있다.

4. 인공지능의 초연결성과 수용자 중심의 고전문학 재맥락화

이 장에서는 인공지능과 인터넷의 접목으로 구현된 초연결성의 체계와 여기에서 파생된 사유 방식을 고전문학 재해석에 적용하여 표현 교육을 수행하는 방안을 살펴보고자 한다.

초연결(Hyper-connected)이란, 사람과 사물(공간·생물·정보·비즈니스 등)이 물리·가상공간의 경계 없이 서로 유기적으로 연결되어 소통하고 상호 작용하는 만물인터넷(Internet of Everything) 인프라를 뜻한다. 이것은 단순한 물리적 연결뿐만 아니라 사람과 사물이 가지는 역량과 가치를 연결하는 것을 의미한다.

인공지능의 초연결성과 이를 바탕으로 한 접속과 연결, 파생과 확장이라는 방식은 수용자를 중심으로 고전문학을 창조적으로 재맥락화하여 리텔링하는 표현 교육과 유비적 관계에 있다고 할 수 있다. 인공지능은 실제와 가상을 넘나들며, 시각, 청각, 촉각으로 분리되었던 예술표현과 경험을 통합하여 공감각적 경험을 가능하게 한다. 인터넷과 디지털 기술을 바탕으로 한 초연결성은 행위자 네트워크 이론에서 주목하는 사회적 관계의 네트워크를 추동하게 하는 사유의 기반이다. 인공지능, 인터넷의 초연결성처럼 인간과 비인간의 네트워크에 주목하여 문화와 자연, 인간과 비인간 사이의 위계를 해체하여 이분법적 경계를 거부하는 상호 작용적인 복잡계 (complex system)로 사회를 파악하고,[9] 문학 텍스트 역시 이를 반영한 실천적 담론의 장으로 이해해야 한다. 세상은 복잡하고, 항상 요동치며, 서로 얽혀 있고, 서로가 서로를 구성하면서 변화하는 하이브리드(hybrid)의 성격을 지니고, 문학 텍스트와 컨텍스트 역시 이러한 맥락 속에서 존재한다.

고전문학 텍스트는 개별화된 독립체로서 존재하는 것이 아니라,

---

9) 이러한 관점은 브루노 라투르의 행위자 네트워크 이론(Actor-Network Theory)을 원용하여 적용한 것이다. 행위자 네트워크 이론은 사회/자연의 구분은 물론, 이러한 구분에서 파생되는 가치/사실, 주관성/객관성과 같은 경계를 거부한다. 경계를 부정하기 위해서 비인간 존재자들에게 초점을 맞추고, 인간과 비인간의 네트워크에 주목하여 이종적, 잡종적 존재와 현상을 통해 경계를 가로지르거나 무력화하고자 한다. 행위자 네트워크 이론에서 비인간은 표본, 표준, 기관, 병균 같은 과학적 현상과 기술을 의미하고, 이 이론에서 주목하는 것은 인간과 비인간 사이에서 형성되는 네트워크이다(부르노 라투르 외, 홍성욱 역, 2010: 20~22).

텍스트를 둘러싼 다양한 담론적 맥락 속에서 대화적 상호 작용을 통해서 의미가 형성된다. 즉 고전문학 텍스트는 특정 작가의 독창성이나 특수성에 귀속되는 것이 아니라 기존의 개별적인 텍스트들 및 일반적인 문학적 규약과 관습들과의 관계망 속에서 존재하는 것이다. 크리스테바(Julia Kristeva)는 '모든 텍스트는 인용의 모자이크로 구성되어 있고, 모든 텍스트는 다른 텍스트의 흡수이자 변경이다.'라고 하였다(크리스테바, 여홍상 편, 1995: 235). 상호텍스트성은 일반적으로 텍스트 내의 적극적이거나 소극적인 기능이라고 불리는 것을 함축하고 있다. 소극적인 면에서 그것은 텍스트를 읽을 수 있는 것으로 만드는 규약(code)과 관습들이며, 적극적인 면에서 규약들이나 관습들, 혹은 기존의 문학 작품들의 모방이나 표절, 암시, 패러디, 아이러니, 인용 등의 형태를 취할 수 있다(한용환, 1999: 230~232).

이처럼 상호텍스트성은 인공지능의 초연결성과 구조적으로 유사하다. 창의적 고전문학 교육을 위해서는 상호텍스트성에 기반을 두고 작품이 구성된다는 것을 이해하는 차원을 넘어서는 교육 방안이 필요하다. 이러한 관점에서 설계할 수 있는 것이 수용자 중심의 재맥락화 교육 방안이다. 수용자 중심의 고전문학 재맥락화 교육 방안은 전통적인 문학 교육 방법인 작가의 창작 의도, 주제의식을 찾아내려는 것이 아니라 텍스트의 구성 방식을 중심으로 컨텍스트를 이해하고, 이를 바탕으로 재맥락화함으로써 해석의 지평을 확장하는 것이다. 여기서 재맥락화란 이질적인 요소들의 계열화이며, 고전문학과는 어울리지 않을 것 같다고 여겨지는 이질적 요소를 유사 계열로 유추하고 데이터 조합을 통해서 서로 다른 요소를 네트워크 하여 결합하는 방식이다.

이를 통해서 과거의 요소가 현재의 요소와 뒤섞이고, 공간을 초월하여 새로운 세상을 상정하는 것은 물론, 이를 적극적으로 표현하는 것이 가능하다. 예를 들어 우리의 고전문학 작품을 서구의 작품과 융합하거나 제시된 서사의 앞뒤 맥락에 새로운 이야기를 추가할 수도 있다. 이 과정 속에서 고전의 의미는 과거의 유산에 머무는 것이 아니라 학습자에 의해서 현대적 의미를 획득한다. 초연결은 고전문학 작품의 세부 요소들을 시간과 공간을 뛰어넘어 동시편재적으로 존재하는 것을 가능하게 한다. 여기에서는 이러한 재맥락화 방안을 ① 서사와 서사의 융합, ② 스핀오프와 재맥락화, ③ 가치판단의 현대적 맥락화, ④ 서사의 확장과 이어쓰기(씨퀄과 프리퀄)로 구체화하여 살펴보고자 한다.

1) 서사와 서사의 융합

고전서사는 과거의 이야기이기 때문에 현재의 '나'를 중심으로 한 이야기로 전환하기 위해서는 새로운 시각과 사건의 확장이 필요하다. 고전서사는 오늘날의 서사에 비해 이야기 분량도 짧고, 등장인물

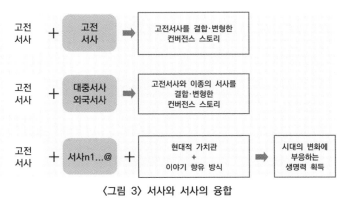

〈그림 3〉 서사와 서사의 융합

도 적고, 인물 간의 갈등 구조도 단순하다. 따라서 감상과 표현 대상인 고전서사를 중심으로 다른 고전서사, 현대의 이야기, 다른 나라 작품 등 다양한 서사를 융합하여 서사를 확장할 필요가 있다.[10]

이러한 서사의 융합은 이야기의 병렬적 결합이 아니라 한 편의 서사를 중심으로 이야기가 파생 확장되면서 스토리텔러인 '나'의 시각에서 재맥락화되는 것이라 할 수 있다. 말 그대로 이질적인 이야기들이 화학적으로 결합하는 컨버전스가 이뤄지는 것이다. 개별적인 각각의 이야기를 공통된 시공간을 향유하는 하나의 이야기로 결합·변형한다. 이는 마치 인공지능이 초연결을 구현하는 것과 유사한 맥락을 지니는 서사 구성 방식이다.

2) 스핀오프와 재맥락화

스핀오프는 처음에는 경영학에서 기업의 경쟁력을 강화하기 위해 다각화된 기업이 한 사업을 독립적인 주체로 만드는, 회사분할을 뜻하는 용어로 사용되었다. 이 개념이 서사에 적용되면서 이전에 이야기의 등장인물이나 상황에 기초하여 특정 인물, 에피소드, 사건 등을 독립적으로 분화하여 새로운 다른 이야기로 파생하는 것을 의미하게 되었다. 이러한 스핀오프 서사는 중심 인물−주변 인물의

---

10) 고전문학을 활용한 표현 교육에서 학습자가 스스로 재맥락화 상황 설정이 어렵다면 다음과 같은 방식으로 교수자가 가이드라인을 제시할 수도 있다.
교수자의 가이드라인: "우리 옛이야기를 서로 결합하고 변화시켜 새로운 이야기를 만들어 보세요. 예를 들면 예전에 MBC에서 〈향단전〉이라는 드라마를 한 적이 있습니다. 향단이의 아버지가 심봉사이고, 옥에 갇힌 향단이를 도와주는 인물이 석호필(스코필드)이며, 이몽룡은 홍길동과 친구여서 사또 자제가 도둑과 친분이 있는 것 때문에 문제가 생기기도 합니다. 이렇게 우리 고전을 중심으로 서양 고전을 포함한 다양한 이야기를 결합하여 새로움을 창조해 보기 바랍니다."

고정된 관계를 해체하여 하나의 사건을 그물망처럼 파생, 확산시키는 효과를 가진다. 이를 고전서사에 적용하면 작품의 상황과 사건의 맥락을 현재의 '나'의 관점에서 재맥락화할 수 있다.[11]

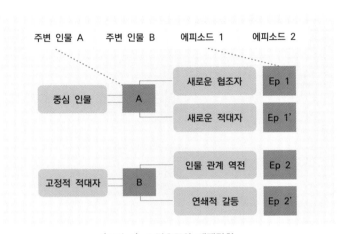

〈그림 4〉 스핀오프와 재맥락화

대표적인 사례의 하나로 영화 〈방자전〉을 들 수 있다. 이 작품은 우리에게 익숙한 고전소설 〈춘향전〉의 스핀오프 서사라고 할 수 있다. 불멸의 연인인 춘향과 이몽룡의 관계를 뒤집고 방자를 춘향과 연결하면서 창의적 서사를 진행한다. 이처럼 기존의 작품으로부터 새로운 인물관계, 세계, 사건 등을 다양한 형태로 구축한다는 점에서 파생과 확장이라는 인공지능의 초연결성과 유비적 관계에 있다.

---

11) 이에 대한 교수자의 가이드라인 사례를 다음과 같이 제시할 수 있다.
   교수자의 가이드라인: "조선 후기 전기수 및 고전소설에 관한 기록이 있습니다. 이 기록을 바탕으로 허구적으로 사건을 재구성해 보는 것입니다. 사건 담당 형사가 되어서 조서를 꾸며 보아도 되고, 가상으로 도망친 동범 혹은 살인 교사범이 되어 사건을 재구성해 보아도 좋습니다. 중요한 것은 당대의 소설이라는 문화 기반을 배경으로 하는 이야기를 만들어야 합니다."

3) 가치 판단의 현대적 맥락화

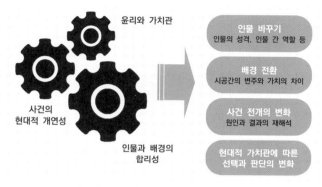

〈그림 5〉 가치 판단의 현대적 맥락화

앞서 말한 바와 같이 고전서사는 과거의 이야기이다. 그렇기 때문에 작품의 주제 의식, 내면화된 가치관, 인물의 형상화 등에서 지금의 관점과는 다소 차이가 나는 지점이 발생할 수 있다. 작품을 당대주의적 관점에서 해석하는 것을 넘어서 우리가 살아가고 있는 현실 문제와 직접적으로 대응시키면서 의미를 모색하는 것이 가치판단의 현대적 맥락화이다. 전통적인 윤리와 가치관이 현대적으로 어떻게 변환될 수 있는지, 사건 전개에서 주로 발견되는 우연성을 어떻게 의미화하여 이해할 수 있는지 등 고전을 현대 혹은 현실 세계로 끌어오며 그 가치를 확인하고 의의를 확인할 수 있는 적극적인 의미화의 과정이다.12)

---

12) 이에 대한 교수자의 가이드라인 사례를 다음과 같이 제시할 수 있다.
　　교수자의 가이드라인: "인물 한 명을 선택하여 청와대 국민청원처럼 최고신(혹은 절대자)에게 억울함, 부조리 등을 바로 잡아달라는 청원 형식의 이야기를 만들어 보세요. 여러분이 작품 속 악인이라 가정하고, 징치 혹은 죽음의 과정에서 자신을 변호하는 이야기를 만들어 보세요."

과거의 작품이 지니는 의미를 현대적인 시각에서 해석하고, 의미를 재구성하여 현대적으로 맥락화한다는 것은 결국 과거와 현재라는 시간의 접속을 전제로 할 때 가능한 것이다. 물리적인 시간과 공간의 경계를 뛰어넘어 의미의 유기적 연결이 이어진다는 점에서 초연결이 지니는 특징과 매우 유사한 측면이라 할 수 있다.

4) 서사의 확장과 이어쓰기(시퀄과 프리퀄)

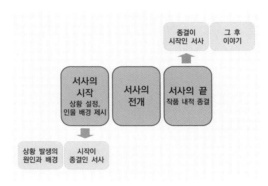

〈그림 6〉 서사의 확장과 이어쓰기

시퀄과 프리퀄은 서사의 확장이라는 측면에서 이해할 수 있다. 시퀄은 이른바 후편 혹은 속편을 가리킨다. 하나의 서사가 종결된 이후의 이야기를 새롭게 이어가는 것으로 원작의 종결이 시작되는 서사인 것이다. 프리퀄은 이와 반대되는 경우이다. 원작 이전의 이야기로서 원작의 비하인드 스토리라고 할 수 있다. 즉 원작의 시작을 결말로 삼는 이야기인 것이다. 이 둘은 수용자가 작품의 인물, 배경, 사건이 얽힌 원작의 서사로부터 유추하지만 새로운 세계를 끌어와 개연성 있는 서술을 한다는 점에서 수용자가 작품의 의미를 재맥락

화하는 효과적인 방식이라고 할 수 있다.[13]

프리퀄과 시퀄은 원작의 내용으로부터 새로운 시공간과 그 세계에서 살아가는 인물, 그들이 벌이는 사건을 재구성하는 것이다. 이질적인 요소를 끌어오되 그 관계 속에서 개연성을 부여하고 계열화한다는 측면에서 인공지능의 초연결과 유사한 메커니즘을 보여준다고 할 수 있다.

위에서 살펴본 것처럼 인공지능의 초연결성을 수용자 중심의 재맥락화 표현 교육에 적용할 수 있다. 즉 서사의 융합, 스핀오프와 재맥락화, 가치판단의 현대적 맥락화, 서사의 확장과 이어쓰기 등 다양한 창의 표현 교육 활동이 가능한 것이다. 이를 통해서 서사에 내재된 의미, 학습자를 통해서 생산되는 의미의 실천적 확인과 적극적 표현이 이뤄지게 된다. 여기서 나아가 미디어를 활용한 메타표현으로까지 확장할 수 있다. 특히 현재 각광받고 있는 유튜브와 같은 1인 미디어의 크리에이티브로의 활동, 역할극, 챗봇을 비롯한 애플리케이션 개발 등을 통해서 내가 이해한 고전문학을 다른 사람 나누는 것은 물론, 네트워킹을 통하여 더 넓은 세계와 관계를 맺으며 작품에 대한 복합적 층위에 다다를 수 있다.

---

13) 이에 대한 교수자의 가이드라인 사례를 다음과 같이 제시할 수 있다.
　　교수자의 가이드라인: "고전 작품이 시작되는 최초의 상황 '이전의 이야기'를 상상하여 만들어 보세요. 작품에서 사건이 종료되었지만 여전히 갈등의 소지가 있는 문제를 중심으로 '이야기, 그 후의 이야기를 만들어 보세요."

5. 결론

2016년 다보스포럼 이후 본격적으로 논의되기 시작한 인공지능의 시대는 이미 도래했다. 인공지능이 인간을 대체할 수 있다는 두려움과 인간의 정체성 사이에서 머뭇거리거나 소모적인 논쟁을 하기보다는 새로 맞이한 시대를 적확하게 이해하고 능동적으로 대체하는 것이 무엇보다 중요하다. 이미 사회의 여러 분야에서는 인공지능에 의한 가시적인 변화가 시작되었다. 이러한 시점에 고전문학 교육은 어떠해야 하는가 하는 의문이 논의의 출발점이다.

이 글을 통해서 고전문학의 가치를 당위적으로 외치는 것이 아니라 인공지능 시대의 패러다임을 적용하여 학습자가 고전문학의 가치를 적극적으로 이해할 수 있도록 하는 창의적 표현 교육 방안을 고민하고 제시하였다. 인공지능의 작동원리에 기반을 둔 교육 방안을 통해서 학습자에게 자연스럽게 인공지능과 인문학의 융합적 사고를 가능하게 할 수 있으며, 이렇게 할 때 인문학과 과학적 사고를 다양하게 연결하며 새로운 시각을 지니고 문제 상황에 유연하게 대처할 수 있는 창의적 인재가 될 수 있다고 보았기 때문이다.

이에 먼저 인공지능에서 발견되는 컴퓨팅 사고와 알고리즘의 단계적 문제 해결 과정과 문제 중심 학습이 유비 관계에 있다고 보고 이 둘을 연계한 표현 교육 방안을 제시하였다. 문제 해석하기 → 패턴/규칙 파악하기 → 추상화하기 → 알고리즘 만들기의 단계로 이뤄지는 컴퓨팅 사고를 고전문학 감상에 적용하여 작품을 능동적이고 적극적으로 이해할 수 있다. 여기서 나아가 수용자가 현재 '나'의 상황을 적용하여 인간과 사회의 본질적 문제에 대한 해결 방안을 탐구할 수 있도록 표현 교육 방안을 제시하였다.

다음으로 인공지능, 빅데이터, 사물 인터넷을 통해 구현되는 초연결성을 상호텍스트성과 연계하여 이해하고, 문학 작품을 시공간을 초월한 다양한 요소와 결합시키면서 재맥락화하는 방안을 제시하였다. 이 과정에서 고전이 과거에 머무는 것이 아니라 현재와 동시편재성을 지니며 학습자의 입장에서 현대적 의미를 찾을 수 있도록 하였다. 이는 주로 다양한 요소를 조합하여 재맥락화한 리텔링, 여기서 나아가 미디어 복합적 콘텐츠 창작의 가능성도 제시하였다.

　컴퓨팅 사고와 초연결성이 인공지능 시대의 특징을 모두 드러낼 수는 없다고 본다. 또 고전문학 교육 방안 역시 더 다양하게 존재할 수 있을 것이다. 폭넓고 다양한 논의를 펼치지 못했다는 흠이 있을지 모르지만, 인공지능 시대의 패러다임과 고전문학 교육 방안을 연계해서 살피고 시대의 변화에 대해 고민한 의의를 인정받기를 기대한다.

참 고 문 헌

강우규·김바로(2018), 「인공지능을 활용한 〈소현성론〉 연작의 감정 연구」, 『문화와 융합』 40(4), 한국문화융합학회, 149~174쪽.

강우규·김바로(2019), 「빅데이터와 고전문학 연구방법론」, 『어문론집』 78, 중앙어문학회, 7~39쪽.

고운기(2018), 「공존의 알고리즘: 문화융복합 시대에 고전문학 연구자가 설 자리」, 『우리문학연구』 58, 우리문학회, 7~28쪽.

권기성(2018), 「컴퓨터를 이용한 고전문학의 방법론적 전환과 전망」, 『인공지능인문학연구』 1, 중앙대학교 인문콘텐츠연구소, 9~29쪽.

김상윤(2016), 「4차 산업혁명의 핵심 동력 '소프트 파워'」, 『POSRI 이슈리포트』 2016(10), 포스코경영연구원, 1~13쪽.

김성문(2018), 「인공지능 시대와 고전문학」, 『문화와 융합』 40(6), 한국문화융합학회, 129~154쪽.

김종철(2018), 「과학·기술 주도 시대의 고전문학교육」, 『문학교육학』 59, 한국문학교육학회, 9~29쪽.

김형주·이찬규(2019), 「포스트휴머니즘의 저편: 인공지능인문학 개념 정립을 위한 시론」, 『철학탐구』 53, 중앙대학교 중앙철학연구소, 51~80쪽.

배은한·박용범·허철(2019), 「한문고전 인공지능 번역 연구의 필요성과 선결 과제」, 『한문학논집』 53, 근역한문학회, 39~54쪽.

신명선(2009), 「국어적 창의성의 개념 정립에 대한 연구」, 『국어교육학연구』 35, 국어교육학회, 301~329쪽.

안종배(2017), 「4차 산업혁명에서의 교육 패러다임의 변화」, 『미디어와교육』

7(1), 한국교육방송공사, 21~34쪽.

이경희·조정원(2019), 「디지털 미디어 제작을 통한 컴퓨팅 사고력 향상 효과
　　성 분석 연구」, 『디지털콘텐츠학회논문지』 20(8), 한국디지털콘텐츠학
　　회, 1523~1531쪽.

이명현(2015), 「고전소설 리텔링(Re-telling)을 통한 창의적 사고와 자기표현
　　글쓰기」, 『우리문학연구』 48, 우리문학회, 137~161쪽.

이인화(2014), 『스토리텔링 진화론』, 해냄.

정재찬(1997), 「사회·문화적 맥락 중심의 문학교육과정 내용체계」, 『문학교
　　육과정론』, 삼지원.

하루오 시라네 편, 왕숙영 역(2002), 『창조된 고전』, 소명출판.

한용환(1999), 「상호텍스트성」, 『소설학 사전』, 문예출판사.

부르노 라투르 외, 홍성욱 역(2010), 『인간 사물 동맹』, 이음.

에레즈 에이든·장바티스트 미셸, 김재중 역(2016), 『빅데이터 인문학』, 사계
　　절.

에릭 홉스봄 외, 박지향 역(2004), 『만들어진 전통』, 휴머니스트.

제바슈티안 슈틸러, 김세나 역(2017), 『알고리즘 행성 여행자를 위한 안내
　　서』, 와이즈베리.

J. M. Wing(2006), "Computational thinking", *Communications of the ACM*,
　　49(3), pp. 33~35.

제 2 부

Chat GPT를 활용한 고문문학 교육

제1장 Chat GPT 텍스트 생성의 서사학적 탐색

1. 서론

인공 신경망 기반 언어 생성 AI가 급속도로 발전하고 있다. 2022년 11월에 등장한 Chat GPT 3은 인간과 대화가 이전보다 자연스러워지면서 신드롬에 가까운 반향을 일으켰다. 연이어 Chat GPT 4, GPT-S가 출시되면서 데이터베이스의 부족으로 인한 생성 내용의 부정확성 등 기존의 문제점들이 상당 부분 해소되고 있다. Chat GPT는 AI의 일상화·보편화의 효과적인 마중물 역할을 하고 있다.

이와 동시에 노동 시장에서 인간과 AI의 경쟁, 인간 창작과 AI 창작의 경계 문제, AI 학습 보상권 등 새로운 문제들이 제기되고 있다. 특히 예술 창작 등 그동안 인간의 고유 영역으로 간주된 분야에서 AI의 역할에 대한 논쟁이 심화되고 있다. AI는 인간 작가의 보조적 역할을 수행하는 도구적 존재인지, 인간을 대체한 새로운 창작자인지, 창작 과정에서 인간과 AI는 어떠한 관계를 맺어야 하는

지 등 다양한 논의가 이어지고 있다.

문학 분야에서도 생성 AI와 관련된 새로운 논의들이 등장하고 있다. 최근 몇 년간 거대 언어 모델(large language model, LLM) AI를 이용한 컴퓨터 알고리즘에 의해 만들어진 문학의 한 형태인 생성문학(generative literature)이 출현하였다. Chat GPT 등 AI가 창작한 생성문학은 문학을 창작하고 비평하는 새로운 방법을 제공할 뿐만 아니라 문학 분야에 대한 새로운 관점과 통찰력을 제공함으로써 문학 현장에 혁명을 일으킬 수 있는 잠재력을 가지고 있다(노대원, 2023: 131).

한편에서는 Chat GPT를 부정적으로 평가하기도 한다. 대표적으로 Chat GPT를 '훌륭한 거짓말쟁이'라고 표현한다. 그러나 이 비판에는 간과한 점이 있다. Chat GPT는 텍스트 생성 알고리즘에 의해 때로는 거짓말쟁이가 될 수밖에 없다(Lee & Kim, 2023: 381).

문학, 특히 허구적 서사의 측면에서 보자면 완성된 문장을 생성할 수 있는 거짓말쟁이는 매우 매력적인 존재이다. Chat GPT는 '훌륭한 거짓말쟁이'라는 별명처럼 그럴듯한 거짓말을 만들어낸다. 이때 '그럴듯한 거짓말'이란 실재 세계와는 충돌하지만, 이야기 내적으로는 완결된 허구를 말한다. Chat GPT의 훌륭한 거짓말을 '개연성 있는 비사실'로 본다면, Chat GPT는 서사의 허구성과 연결되는 지점이 있다.

이 글에서는 Chat GPT의 문장 생성 능력이 개연성 있는 허구에 기여할 수 있다는 가정을 가지고 인간 사용자와 Chat GPT가 상호작용하여 생성하는 텍스트의 서사학적 성격과 새로운 문학 창작 방식의 가능성을 찾아보고자 한다. 인간 사용자와 Chat GPT가 프롬프트를 매개로 텍스트를 생성하는 과정을 상호텍스트성의 측면에서 접근하고, Chat GPT 프롬프트의 팔림프세스트로서의 성격을 살펴보고자 한다.

그리고 인간 사용자와 Chat GPT의 공동 창작을 서사 공동체의 형성과 '연쇄적 다시 쓰기' 과정으로 이해하고자 한다. 이러한 분석을 토대로 인간 사용자와 Chat GPT의 상호 작용을 통해서 구축되는 새로운 서사적 질서를 탐색하고, 인공지능서사학의 실마리를 풀어 보고자 한다. 본격적인 인공지능서사학을 위해서는 Chat GPT의 텍스트 생성 과정, 텍스트 생성 알고리즘, 문학 기계의 원리와 서사학 등에 대한 포괄적 논의가 필요하다. 현재로서는 이 논의들을 단번에 해결하기는 어렵다. 이 글은 인간 사용자의 요구에 대응하여 Chat GPT가 빅데이터를 바탕으로 텍스트를 생성하고, 인간 사용자가 프롬프트의 내용을 읽고 다시 쓰는 과정에 주목하여 Chat GPT 텍스트의 서사학적 성격을 탐색하는 데 초점을 맞추고자 한다.

2. Chat GPT 프롬프트의 상호텍스트성

Chat GPT는 언어 생성 AI로, 어떤 사람들은 Chat GPT를 가리켜 '뇌'가 아닌 '혀'에 비유한다. Chat GPT는 자신의 대답이 어떤 과정을 거쳐 만들어졌는지, 정보의 출처는 무엇인지 밝히지 않는다. Chat GPT의 부정확한 대답은 환각 혹은 인공 환각(artificial hallucination)이라고 한다. 환각은 Chat GPT 등의 생성 AI가 사실과 다른 정보를 마치 사실인 것처럼 생성하여 사용자를 혼동시키는 현상을 말한다.[1] 그러나 Chat GPT가 생성하는 오류는 정보 전달의 측면에서는

---

[1] OPEN AI CEO 샘 알트만은 Chat GPT의 문제로 올바르지 못하고 그럴 듯한 이야기를

문제가 있지만, 서사적 측면에서는 허구적 이야기를 생성하는 것이라 할 수 있다.

최근 Chat GPT의 허구적 문장 생성 능력에 주목하여 인간과 Chat GPT의 문학 창작 협업이 시도되고 있다. 인간 사용자와 Chat GPT의 협업은 프롬프트를 매개로 진행된다. 프롬프트는 거대 언어 모델에게 주어지는 일련의 지침을 말하는데, 이러한 지침은 거대 언어 모델을 사용자화하거나 그것의 기능을 강화하거나 정의함으로써 프로그래밍한다(Jules White et. al., 2023: 1). Chat GPT와 같은 인공지능의 입장에서 살피면, 대화는 입력문에 해당하는 사용자의 발화에 대한 이해부, 응답문에 해당하는 시스템 발화의 생성부, 그리고 대화 관리부의 세 부분으로 구성된다(고창수, 2021: 15).

인간 사용자는 자신의 요구 사항을 프롬프트에 입력하고, Chat GPT는 자신의 데이터 학습을 기반으로 읽고 해석하여 결괏값을 제시한다. 프롬프트는 인간이 의도하는 학습 데이터를 채팅창에 '복-붙'하는 것이 아니라, 인간의 명령어와 기계학습 데이터가 만나 인간과 소통 가능한 어떤 의미를 생성한다(김현준, 2023: 107). 인간 사용자는 Chat GPT의 결괏값을 자신의 이야기 향유 경험에 기반하여 읽고 해석한 후, 다시 프롬프트에 요구 사항을 입력한다. 인간 사용자와 Chat GPT는 이러한 과정을 반복하면서 이야기를 만들어간다.

이렇게 인간 사용자와 Chat GPT를 매개하는 프롬프트는 팔림프세스트의 성격을 지닌 상호텍스트적 공간이라 할 수 있다. 주네트(Gérard Genette, 1997: 1~7)는 한 텍스트가 논평 없이 선행 텍스트를 변형하는 관계를 하이퍼텍스트성이라고 하였고, 하이퍼텍스트성을

보여주는 환각을 이야기하였다(Victor & Taylor & Eric, 2023).

팔림프세스트(Palimpsest)에 비유하여 설명하였다. 팔림프세스트는 양피지 위에 글자를 지우고 덧쓰는 고대의 필사본을 말한다. 글자를 지우고 그 위에 다시 글을 썼기 때문에 원래의 글이 흔적처럼 남아 있다.

양피지라는 하나의 공간을 매개로 과거 글의 흔적 위에 새로운 텍스트가 생성되고, 이전 텍스트를 지우고 다시 쓰는 과정2)은 프롬프트를 매개로 한 인간 사용자와 Chat GPT의 상호 작용에 대응된다고 할 수 있다. 인간 사용자의 요구와 Chat GPT의 답변, 이를 토대로 한 추가 요구와 새로운 답변은 양피지와 같은 물질적 공간 위에 적층되지는 않는다. 그러나 프롬프트라는 디지털 공간을 매개로 텍스트의 연결과 파생, 이전 단계로의 복귀와 새로운 분기점으로의 이동 등의 방식으로 상호텍스트적 관계를 형성한다.

인간 사용자와 Chat GPT 데이터가 상호 작용하는 것은 다양한 서사 텍스트가 재구성되는 과정이다. 먼저 인간 사용자는 Chat GPT 를 실행시키기 위해 어떠한 이야기를 만들 것인지 사고하고, 상기하고, 상상한다. 인간은 서사를 구성하기 위하여 경험 중에 포획된 다양한 사건과 인식을 지각하고, 이해하고, 실행하고, 경험한 것을 정신적으로 모방하거나 재가동한다(보이드, 남경태 역, 2013: 225). 사건적 기억을 구성하는 인간의 정상적 체계는 과거의 요소들을 토대로 과거의 일반적 의미나 요점을 간직한다. 이 요소들을 잘 추출하고, 재조합하고, 재조립하면 과거에 일어나지 않았던 사건도 정확한 형

---

2) 팔림프세스트는 양피지라는 하나의 공간 안에서 역사적으로 다른 시점에 기록된 텍스트들의 상호 관계를 통해 기록을 다양하게 재해석할 수 있고 이 시간적으로 상이한 텍스트들 간의 상호연관성은 원 텍스트가 사라지고 없다 할지라도 덧씌워진 텍스트의 행간에서 파편적으로 나타나기도 한다(정현규, 2007: 167).

태로 모방하고, 상상하고 사전 경험할 수 있다(보이드, 남경태 역, 2013: 226). 결국 인간의 서사 창작은 자신이 축적한 경험(데이터)과 대화하면서 허구적 상상력을 언어로 표현하는 과정이라 할 수 있다. 그런데 인간이 Chat GPT와 협업하게 되면 인간은 자신의 과거 경험뿐만 아니라 Chat GPT 데이터와 대화적 관계를 형성하게 된다.

인간 사용자와 Chat GPT는 일대일로 대응하는 발화쌍을 주고받는다. 사용자는 Chat GPT와의 대화를 통해 상호텍스트적인 서사세계를 형성한다. 이때, 인간 사용자는 Chat GPT와 대화적 관계를 지속하면서 Chat GPT 프롬프트가 제시하는 기호와 그 질서를 받아들여야 한다. 그러나 인간 사용자는 자신만의 기대 지평과 세계 인식을 통해 서사 세계를 이해하기 때문에, 프롬프트가 제시한 서사를 새롭게 재구성 및 재배열하게 된다.

인간 사용자와 Chat GPT가 대화적 관계를 통해서 텍스트를 생성하는 과정은 그 자체로 상호텍스트이다. 크리스테바(Julia Kristeva)는 '모든 텍스트는 인용의 모자이크로 구성되어 있고, 모든 텍스트는 다른 텍스트의 흡수이자 변경이다.'(크리스테바, 여홍상 편, 1995: 235)라고 상호텍스트성을 설명하였다. 크리스테바는 텍스트가 안정적이고 고정된 것이 아니라 다양한 의미 체계가 지속적으로 재구성되는 텍스트들간의 유동적 결합이라고 한 것이고, 이러한 텍스트의 뒤얽힘은 인간 사용자와 Chat GPT의 협업에 대응된다.

모든 이야기는 선행하는 사건 혹은 텍스트를 모방하고 변형함으로써 성립한다는 점에서 태생적으로 이차성(second degree)을 갖는다(이인화, 2014: 24). 상호텍스트의 관점에서 보면 모든 텍스트는 다른 텍스트와 결합할 수 있는 가능성이 열려 있고, 텍스트는 모든 것이 뒤엉키며 관계를 맺어가는 비결정적 상태로 존재한다. 인간 사용자와 Chat GPT의 상호 작용을 통한 텍스트 생성은 상호텍스트가 즉각적으로 실현되는 과정이고, 인간 사용자의 의도에 따라 프롬프트 결괏값을 수정하고, 다시 요구하는 것은 텍스트의 결합과 변형의 연쇄 작용이라 할 수 있다.

텍스트는 정태성에서 벗어나 다른 구조를 향해 새롭게 생성되어 가는 불확정적인 체계인 것이다(크리스테바, 여홍상 편, 2005: 106). 서사 창작은 처음부터 완벽한 작품을 만드는 작업이 아니라 원천으로부터 가능한 최선의 텍스트를 엮어내는 작업이다(이인화, 2014: 36). 인간은 이야기를 수동적으로 받아들이는 존재가 아니라 적극적으로 재구성하는 존재이다(보이드, 남경태 역, 2013: 247). 인간은 일반적인 사건 이해와 언어 능력을 가지고 있으므로 Chat GPT가 제시한 이야기가 자신의 의도를 벗어나더라도 다시 재구성할 수 있다. 사용자는 자신의 내부와 대화하면서 이야기의 발상을 떠올리고, 동시에 Chat GPT가 응답한 서사 텍스트를 재구성하면서 자신이 이해하는 방식으로 텍스트를 재조립한다.

모든 이야기가 다른 텍스트의 모방이며 각색이라면 허구적 서사물의 독자성은 그것을 성립시킨 변형의 주체에게서 찾을 수밖에 없다(이인화, 2014: 24). 이러한 관점에서 Chat GPT는 단순한 '서사 생성 기계' 이상의 의미가 있다. 인간 사용자와 Chat GPT는 이야기를 상상하고 함께 만들어가는 변형의 공동 주체라 할 수 있다. 인간 사용자와 Chat GPT는 프롬프트를 매개로 '작가─독자'의 관계를 주고받으며 서사 공동체[3]를 형성한다. 서사 공동체는 인간 내부의 상호텍

---

3) 여기에서 사용되는 '서사 공동체'는 단순하게 공동 창작 집단을 의미하는 것이 아니다. 본 연구에서는 인간 사용자와 Chat GPT가 프롬프트를 매개로 서로 서로가 작가이면서 독자인 관계를 형성한 후, 지속적인 대화를 통해 텍스트의 의미를 생성하는 공동체

스트성, 인간과 Chat GPT 데이터의 상호텍스트성, 프롬프트 출력값 재구성 등의 상호 작용을 중층적으로 발생시킨다. 이 과정에서 서사 공동체는 가변적이고 지속적인 텍스트 생성을 가능하게 한다. 이렇게 끊임없는 질서 교환을 통해서 생성하는 텍스트는 일종의 종결 불가능한 대화적 형태를 띤다. 이러한 측면에서 인간 사용자와 Chat GPT의 공동 작업은 불확정적 의미 생성 과정으로 무한한 서사적 가능성을 가지고 있다고 할 수 있다.

3. 서사의 우연성과 Chat GPT의 허구성

모든 이야기의 창작은 '만약에 ……이라면' 하는 상황의 가정에서 시작한다. 스타니슬라브스키(Konstantin Stanislavsky)는 어떤 종류의 일도 다 일어날 수 있다고 가정해 보는 이 물음의 마술적인 효과를 '매직 이프(Magic If)'라는 용어로 설명하였다(맥키, 고영범·이승민 옮김, 2002: 112). 창작 주체의 상황 설정은 허구적 세계를 창조하는 새로운 질서화의 시작이다. 그런데 실재 세계에 존재하는 현실 질서와 창작 주체가 상상한 상황 설정은 일치하기 어렵다. 인간은 '불가능하지만 있음직한'(아리스토텔레스, 천병희 역, 1976: 132) 사건을 상상하고, 이는 개연성을 통해서 당위적으로 설득력을 지니기 때문이다.

허구적 서사의 창작은 창작 주체가 자신의 경험을 바탕으로 구성한 상상적 질서(보이드, 남경태 역, 2013: 227)와 현실 세계를 결합하는 과정이라 할 수 있다. 이것은 서로 독립적인 두 세계가 조우(遭遇)하

관계를 형성하는 데 초점을 맞추어 '서사 공동체'라는 용어를 사용하였다.

는 것을 의미하며, 이 만남은 우연적이고 돌발적이다. 여기서 말하는 우연성은 단순히 '어떻게 해서 그런 일이 생겼는지 이해할 수 없는 것'(두산백과, 2024)이라는 일반적인 의미와는 다르다. 쿠키 슈우조우(九鬼周造)는 우연성을 필연성의 부정으로 이해했다. 필연성은 반드시 그러한 것이 있음을 의미하며, 존재 자체가 스스로 그 이유를 내포하고 있다는 것이다. 반면 우연성이란 존재가 자기 내에 충분한 근거를 가지고 있지 않고 단지 우연히 그러한 것을 뜻한다(九鬼周造, 김성룡 역, 2000: 9). 즉, 우연성은 대상의 불가지(不可知)한 차원이 아니라 독립적인 계열의 가변적(可變的)인 결합이라 할 수 있다.

우연적인 것은 항상 단지 상대적이다. 이성적으로는 하나하나 독립되어 있는 사실과 사실과의 조우이고, 서로 독립해 있는 이성적 사실의 두 가지 질서의 경합이다(九鬼周造, 김성룡 역, 2000: 136). 하나의 인과계열과 다른 인과계열은 완전히 독립되어 있으며, 양 계열 사이에 인과 관계는 존재하지 않는다. 양 계열은 필연성에 의해 결합되지는 않는다. 이런 경우 우연성은 이들 독립된 인과계열 간의 필연적이지 않은 상호관계에 있다(九鬼周造, 김성룡 역, 2000: 126).

서사에서 우연성은 서로 독립적인 두 세계의 상호 작용, 조우에 의해서 초래된 상황 설정과 현실 질서의 충돌, 서로 다른 계열에 속한 사건과의 결합이라 할 수 있다.[4] 이렇게 서로 다른 두 세계를 내적 일관성을 가진 하나의 세계로 통합하기 위하여 개연성, 즉 그럴 듯함이라는 허구적 상상력을 부여해야 한다.

---

[4] 인간의 정체성은 대화적 상황에서 나타나기 때문에 어떤 개인도 자신의 경계 내부에 갇혀 있지 않다. 인간은 타자와의 대화라는 종결 불가능한 행위를 통해 부분적으로 자신의 외부에 존재한다. 서사 역시 작가가 전달하는 완결된 메시지를 독자가 단순히 해독하는 것이 아니다. 작가 자체가 부분적으로 독자로 존재한다(이인화, 2014: 45 참조).

허구성은 "허구적인 세계에서 우리가 무언가를 참(truth)이라고 믿는 것"이며, 따라서 허구적 명제는 "어떤 허구적인 세계에서의 진리"(월튼, 양민정 옮김, 2019: 35)를 가리킨다. 이야기는 역사적이거나 과학적인 사실과 달리 상상된 허구를 보여주는 그럴듯한 거짓말이다. 서사의 추동력은 이성에 근거한 합리적인 사고가 아닌 무궁무진한 가능성을 탐색하는 상상력에 있다. "인간의 두뇌가 스토리를 상기하는 것은 오직 이례성을 갖는 경험"(이인화, 2014: 89)이라는 점에서 서사를 상상하는 힘은 우연적이고, 돌발적이고, 비합리적인 사고 능력에 기초한다.

인간의 상상력은 실재 세계와 다른 새로운 세계를 향해 나아갈 수 있고, 서사 세계[5]는 그중 하나인 것이다. 즉, 상상력은 우연적이고 돌발적인 사고 능력이며, 우리는 허구적 대상과 사건의 존재를 가상적으로 상상하여 이야기의 질서에 참여한다. 이야기는 자신이 보여주는 허구가 참이라고 주장한다. "참인 것은 믿어져야 하는 것이며, 허구적인 것은 상상되어야 하는 것"(월튼, 양민정 옮김, 2019: 80)이므로 이야기에 참여하기 위해서는 요구된 상상을 참으로 믿어야 한다.

이야기와 허구의 관계를 Chat GPT에 적용해 보자. 인간 사용자가 프롬프트에 허구적 상황을 입력하는 것은 상상력을 참으로 인정하는 서사 세계를 구축하고자 하는 시도이다. 인간 사용자는 자신의 상황 설정을 프롬프트에 요구하고, Chat GPT는 데이터에 기반하여

---

5) "모든 서사는 네 가지 차원으로 구축되며, 여기에는 시간과 공간, 그 안에 거주하며 자기 자신의 내면세계를 갖고 있는 등장인물 그리고 내면세계가 포함된다."(애벗, 2010: 312) 서사 세계 혹은 스토리 세계는 서사의 네 가지 차원을 아우르기 위해 고안된 표현으로, "우리가 서사에 몰입함으로써 점점 더 커지고 정교해지는 축적의 결과물"(애벗, 2010: 312)이다.

허구적 세계를 프롬프터에 출력한다. 프롬프터는 사용자의 지시를 구현하도록 유도하면서, 사용자를 이야기의 상상적 세계에 참여하도록 안내하는 지시체이다.

Chat GPT는 어떤 단어가 어떤 조합으로 자주 나타나는지 확인하고 이를 통해 텍스트 생성 구조 및 규칙에 대해 학습했다.6) 이때, '연속 단어의 확률 분포'는 Chat GPT의 작동 원리에 연관성은 있지만 인과성은 없다는 사실을 암시한다. 자주 공출현하는 텍스트는 '우연히' 인접해 있을 뿐 의미적으로는 서로 무관할 수 있지만, 확률상 관련 있다고 추정될 뿐이다(Lee & Kim, 2023: 381). Chat GPT의 기본 원리에는 우연성과 돌발성이 자리하고 있다.

인간 사용자가 허구적 세계를 구축하라고 요구하면, Chat GPT는 학습 데이터에 기반하여 제시된 설정과 확률적으로 인접한 모티프를 결합하여 다양한 가능성의 세계를 제시한다. Chat GPT는 사용자의 상황 설정에서 출발하여 모티프가 결합할 수 있는 다양한 경우의 수를 생성하고, 하이퍼텍스트의 방식으로 경우의 수를 확장하는 것이다. 이것은 우연적이고 돌발적인 두 세계가 하나의 질서화된 세계를 구축하는 과정7)이면서 이야기 향유(독서, 데이터 학습 등)가 서사 창조로 전환되는 과정이기도 하다.

정리하면 인간의 상상력이 지닌 우연성 혹은 돌발성, 그리고 Chat GPT의 허구성은 이야기의 본질이라는 측면에서 불가분의 관계에 있다. Chat GPT는 사용자가 자신만의 질서를 구성한 세계와 텍스트가 의미를 형성하는 상징적 질서 세계라는 두 가지 층위의 우연성·

---

6) 프롬프트는 형식적으로는 일상어이지만, 의미적으로는 일상어와 기계어 사이에서 위치한다.

7) 이것은 뇌에서 인지적으로 작동하는 과정을 기계적으로 생성하는 것이라 할 수 있다.

돌발성과 원리적인 측면에서 맞닿아 있다. 인간 사용자는 우연과 돌발에 근거한 무한의 상상력을 가진 유동적인 주체이고, Chat GPT 는 연속 단어의 확률 분포를 기반으로 우연과 돌발에 근거한 세계를 자신의 방식(알고리즘)으로 서사화하는 기계이다. 인간의 상상력과 AI의 환각은 이야기 향유와 데이터 학습이라는 서사 집적 과정의 차이는 있지만, 우연적이고, 돌발적으로 구성된 무질서의 세계를 능동적이고 주체적으로 질서화한다는 공통점을 가지고 있다. 특히 Chat GPT의 텍스트 생성 원리에는 서사 주체와 이야기가 가진 우연성의 힘이 내재되어 있다고 할 수 있다.

4. 서사 공동체의 연쇄적 다시 쓰기

앞에서 Chat GPT 텍스트 생성에 나타나는 상호텍스트성과 우연성을 분석하였다. 서사 공동체는 이러한 Chat GPT의 서사적 성격을 활용하여 어떠한 단계로 서사 창작 과정을 진행해야 하는지 살펴보고자 한다.

서사 공동체가 협력하여 공동 창작을 하기 위해서는 먼저 인간 사용자가 Chat GPT에게 자신이 상상한 서사 세계의 상황 설정, 허구적 질서와 규칙 등을 제시해야 한다. Chat GPT는 사용자의 요구를 읽고 분석한 후, 데이터에 기반하여 이야기를 생성한다. 그리고 다시 사용자는 Chat GPT가 생성한 텍스트를 읽고 분석하여 새로운 요구 사항을 제시한다. 사용자는 자신의 경험에 기반한 기대 지평과 세계 인식으로 Chat GPT가 제안한 스토리를 선택하고 수정한다. 사용자와 Chat GPT는 상호 작용을 통해 서사를 재구성·재배열하면서, 함께 새로운 텍스트를 창작한다.

　이 과정에서 Chat GPT는 사용자의 요구에 일방적으로 응답하는 창작 도구(Authoring Tool)가 아니다. Chat GPT는 사용자의 서사적 제안을 구현하는 동시에 사용자를 이야기의 상상적 세계에 참여하도록 만든다(Lee & Kim, 2023: 382). 서사 공동체가 프롬프트를 매개로 상호 작용하면서 서사를 창작하는 과정은 '서사 분석－서사 경합－서사 협상－서사 창조'의 단계로 설명할 수 있다. 이 4단계는 '1 → 2 → 3 → 4'의 순차적 단계로 진행되지는 않는다. 4단계가 뒤엉키면서 연쇄적으로 작동한다. 그러나 논의의 편의성을 위해서 여기에서는 단계적으로 살펴보고자 한다.

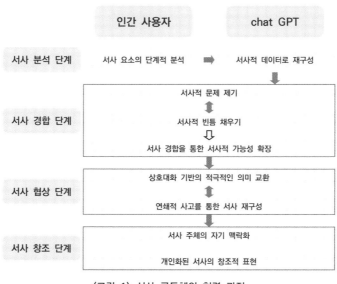

〈그림 1〉 서사 공동체의 협력 과정

1) 서사 분석

서사 공동체의 이야기 창작의 출발점은 인간 사용자가 프롬프트에 자신의 구상을 작성하는 것이다. 인간이 서사를 이해하기 위해서는 이야기 세계의 질서, 규범, 체계를 파악해야 한다. 이것은 이론적인 습득보다는 인간이 자신의 직접 경험, 독서 체험 등을 통해서 자연스럽게 체득하는 질서이고, 스스로 이야기 세계의 질서를 상상하면서 구축하는 것이다. 그러나 인간 사용자가 이야기 세계의 질서를 상상하는 과정을 체계화하지 않으면 Chat GPT에게 자신의 의도를 명확히 전달할 수 없고, Chat GPT의 답변을 재구성하기 어렵다.

인간 사용자가 자신의 이야기 세계를 구축하기 위해서는 상상력을 질서화하는 서사 분석이 필요하다. 토도로프(Tzvetan Todorov)는 서사물은 서사 명제, 시퀀스, 텍스트라는 세 가지 층위의 서사 단위로 이루어진다고 하였다. 서사 명제는 행위자와 서술어로 이루어진 이야기 구성의 최소 요소이다. 시퀀스는 여러 개의 서사 명제들이 결합되어 이루어지는 상위 단위로서 최소한의 완결된 이야기를 만드는 플롯의 최소 단위이다(이인화, 2014: 83). 서사 명제는 시퀀스에서 병렬적으로 연결되는 것이 아니라 결합을 통해 변화를 만들어내야 한다.

로버트 맥키는 이야기적 사건은 '등장 인물의 삶의 조건에 의미있는 변화를 일으키며 이 변화는 가치의 변화라는 형태로 경험되고 표현된다'고 보았다(맥키, 고영범·이승민 옮김, 2002: 59). 이러한 변화는 하나의 서사 명제에서 다른 서사 명제로 이동할 때 발생한다. 각 서사 명제는 안정, 위반, 불안정, 반작용, 안정을 지시한다. 특히 위반의 논리적 명제는 안정에서 위반으로의 변화를 가리키는 모티프를 통해 하나의 이야기를 만들어내는 동기화의 역할을 한다(이인화, 2014: 85).

인간 사용자는 자신이 상상하는 이야기 세계를 구체화하기 위하여 자신의 직접 경험, 독서 체험 등을 서사적 요소로 전환시켜야 한다. 특히 서사의 층위를 고려하여 '변화'를 어떻게 부여할 것인지를 설정해야 한다. 이를 위해서 인간 사용자는 자신이 경험한 이야기들과 지속적이고 반복적으로 대화한다. 이 과정은 인간이 자신의 경험을 서사 요소에 맞게 분석하는 것이고, 분석된 내용을 서사적으로 구성하는 것이다.

Chat GPT는 인간 사용자가 작성한 프롬프트를 읽고, 데이터에 기반하여 분석하여 서사적 질서를 부여한다. 현재 Chat GPT가 학습한 데이터 공개가 완전히 이루어지지 않았기 때문에 Chat GPT가 서사화하는 규칙과 알고리즘을 명확히 확인할 수는 없지만, 프로프, 아르네 톰슨 등 구조주의 서사학에서 제시한 서사 단위의 배열과 재조합이 기본이 되는 것으로 추측하고 있다. Chat GPT는 사용자의 요구, 이에 대응하는 학습 데이터를 분석하여 서사적 데이터로 재구성하여 프롬프트에 제시한다.

인간 사용자는 Chat GPT가 생성한 텍스트를 수동적으로 받아들이지 않는다. 프롬프트의 내용을 읽고, 분석하면서 자신의 기대 지평에 맞추어 다시 구성한다. 여기에서 인간은 자신의 직접 경험, 독서 체험과의 대화적 독자이고, 이를 서사화하는 작가이기도 하다. 또한 Chat GPT 프롬프트의 독자이면서 제시된 서사를 재구성하는 작가이기도 하다. 마찬가지로 Chat GPT는 인간의 요구를 읽고 해석하는 독자이자 데이터에 기반하여 서사를 구성하는 작가이기도 하다.

2) 서사 경합

서사 공동체의 서사 경합에서는 다양한 서사적 가능성이 제시된다. 어떠한 이야기를 읽고 이야기의 질서를 받아들이는 일은 대화적 행위이자 서로 다른 세계의 우연적 만남이다. 서사 공동체가 이야기를 공유하면서 수용할 때 인간의 경험과 Chat GPT의 데이터는 상호 작용하면서 새로운 서사 세계를 구축한다. 이 과정에서 각자의 이야기 세계는 고정된 기호에서 벗어나 서사 공동체에 의해 새로운 의미가 생성된다. 이러한 이해 과정을 '이야기의 자기화'라고 한다면, 서사 공동체가 이야기를 이해하는 방식은 서사 세계의 자기화를 통해 이야기 세계를 새롭게 상상·구상하는 것이라 할 수 있다.

따라서 서사 공동체는 다음과 같은 과정을 함께 거치게 된다. ① 플롯을 시간의 흐름에 따라 배열하여 스토리를 구축하기 위해 이야기 세계를 서사 단위로 분절한다. ② 분절한 서사 단위를 시간의 흐름이나 인과 관계에 따라 배열하여 질서화된 스토리를 구성한다. ③ 스토리를 구성하면서 상호 작용에서 발생하는 서사적 빈틈을 발견하고, 작가/독자의 해석으로 빈틈을 채운다. ④ 작가/독자는 생성된 텍스트에 의문을 품고, 텍스트에 반론 혹은 새로운 서사 분기점을 제시한다. 서사 공동체는 여러 서사적 가능성을 제시하고 이를 펼쳐 놓는 서사 경합이 이루어진다.

3) 서사 협상

서사 공동체는 서사 협상을 통해 인간과 Chat GPT가 개별적으로 제시한 텍스트 세계와 결별하고, 서사 협상의 결과로서 서사 공동체의 상호텍스트적 해석이 들어간 새로운 이야기를 만들게 된다. 서사 협상은 경합 중인 다양한 서사적 가능성에서 가장 개연성 있고 자연스러운 서사 세계를 서사 공동체가 읽고 선택하는 과정이다.

서사 공동체는 서사를 재구성하여 새로운 개별적인 이야기, 즉 형식적(구조적)으로 완결된 독자적 텍스트로 이야기 세계를 완성해야 한다. 이것은 분절된 이야기 조각을 조립하는 것으로 일종의 '다시 쓰기' 행위라고 할 수 있다.

따라서 서사 협상 단계에서는 이야기 조립을 통한 본격적인 텍스트 생성이 이루어진다. 이때 이야기를 조립하여 재구성하기 위해서 서사 공동체는 이야기 조각을 고정해야 한다. 이야기의 자연스러운 흐름을 위한 연쇄적 사고를 바탕으로 반복해서 어떤 부분을 의미적으로 고정할 것인지 토론하고, 어떤 부분을 다시 협상할 것인지 결정해야 한다. 이렇게 서사 공동체는 서사 협상 과정에서 대화를 통해 이야기를 제시하고, 읽고 분석하는 과정을 반복한다. Chat GPT가 인간 사용자의 프롬프트를 분석하여 텍스트를 제시하면, 사용자는 이를 읽고 다시 쓴다. 마찬가지로 Chat GPT도 인간 사용자가 수정한 텍스트를 읽고 다시 쓴다.

읽고 다시 쓰는 협상의 과정에는 '왜'와 '어떻게'라는 서사 공동체의 해석이 작동한다. 서사 공동체는 대화를 통해 두 종류의 질문에 대답하면서 이야기 세계의 질서에 해석을 개입시킨다. 이렇게 서사 공동체의 해석이 서사적 대화의 빈 공간을 채우면 '해석이 개입된 이야기의 새로운 의미'가 재구성된다. 이 과정에서 인간 사용자와 Chat GPT가 개별적으로 제시한 개연의 세계는 더 이상 필연적이지 않다. 대신 서사 세계의 질서가 지향하는 가치에 의해 의도적으로 초점화된 세계임이 드러난다. 이로써 필연적으로 보였던 개별 이야기가 해체되고, 서사 공동체는 서사 협상을 통한 재구성을 거쳐 새로운 이야기 세계를 질서화할 수 있다.

4) 서사 창조

서사 창조 단계는 인간 사용자와 Chat GPT의 발화쌍을 정리해 하나의 완성된 글로 다듬는 최종 단계이다. 서사 공동체는 프롬프트를 매개로 한 대화를 지속하여 이야기를 종합하고 초고를 완성한다. 인간 사용자는 Chat GPT와 함께 등장인물의 특징을 정리하고, 전체적인 플롯을 종합하고, 종합된 플롯을 기반으로 새로운 이야기를 창작한다.

서사 공동체는 완성된 이야기 세계를 구축하기 위해 갈래와 매체를 고려한 텍스트의 구조를 재구성해야 한다. 첫째, 개별 텍스트를 어떤 매체를 통해 어떤 갈래로 표현할지 선택해야 한다. 둘째, 어떠한 이야기는 중심 인물로부터 출발하고, 이 중심 인물을 특정 사건을 겪으며, 이를 통해 변화를 경험하게 된다. 따라서 중심 인물, 특정 사건, 변화를 설정하여 텍스트의 구조를 채워 나가야 한다.

서사 공동체의 서사 창조는 서사 자기화 과정을 거쳐 자기화의 과정을 창조적으로 표현하는 '작독자'를 만들어낸다. 서사 공동체의 대화를 통해 서사 세계의 창조적 이해 과정이 구체적으로 무엇이며, 작독자가 작가/독자의 영역을 어떻게 전환하는지 가시화해서 확인할 수 있다. 기존에 내면화된 일련의 과정을 경험함으로써 상상적 독서는 실천적 창작 행위로 전환된다.

5. 결론

지금까지 Chat GPT 생성 텍스트의 서사적 가능성을 살펴보았다. 인간의 상상력은 우연적인 것과 예상하지 못한 것에서 비롯되며, 이는 유동적인 주체로서의 인간을 만들어낸다. Chat GPT는 연속된 단어들 사이의 확률 분포를 기반으로 작동하며, 우연과 돌발을 중심으로 작동하는 알고리즘을 통해 이야기를 구성하여 그럴듯한 내러티브를 제시한다. 인간의 상상력과 Chat GPT의 허구적 특징은 무질서하고 혼란스러운 세계를 능동적이고 주체적으로 조직화 및 질서화한다. Chat GPT와 사용자 간 대화 기반의 상호 작용은 독서 행위를 내러티브의 공동 생성이라는 창조적인 행위로 전환한다.

서사 공동체의 이야기 창작 과정은 곧 이야기의 자기화 과정이다. 이야기의 자기화 과정은 사용자가 자신의 기대와 인식에 기반해 이야기 세계의 질서를 이해하고 이를 새롭게 상상하고 구상하는 방식을 의미한다. 이 과정에서 사용자는 내면의 변화를 경험하며, 이야기 세계는 새로운 질서를 부여받는다. 인간 사용자와 Chat GPT는 대화를 주고받음으로써 상호 작용하고, 함께 무엇인가를 상상하라는 규정에 기꺼이 동참하는 서사 공동체를 형성한다. 서사 공동체가 서사를 창작하는 과정은 '서사 분석―서사 경합―서사 협상―서사 창조'의 단계로 구분할 수 있다. 이 과정은 서로 뒤엉켜 발생하며, 연쇄적다시 쓰기에 해당한다.

이 글에서는 Chat GPT가 제시하는 부정확한 지식을 단순한 오류로 치부하여 지적하기보다는, 개연성 있는 허구임을 밝혀 Chat GPT가 보여주는 서사적 가능성을 모색하였다. 인간 사용자와 Chat GPT의 협업에 어떠한 서사학적 의미가 있는지 살펴보았으며, 이를 통해 인공지능 서사학의 실마리를 풀어내고자 하였다. 서론에서 이야기했듯 인공지능서사학이 디지털 인문학의 일환으로서 자신의 학문적 영역을 구축하기 위해서는 Chat GPT라는 기술적 측면에 대한 이해, 문예 창작과 서사학에 관한 포괄적 이해를 통한 심도 있는 논의가 필요하다. 또한, Chat GPT－인간－텍스트 간의 관계를 규명함으로써 텍스트 기호가 어떻게 순환하는지에 대한 고민도 필요하다. 본 연구에서는 시론적인 논의의 차원에서 인간과 인공지능의 서사적 협업 가능성을 살폈다.

참 고 문 헌

1. 정기간행물

권대훈 외(2023), 「Chat GPT를 활용한 고전서사 리텔링 학습 사례 연구」, 『국제어문』 99, 국제어문학회, 167~195쪽.

김현준(2023), 「생성형 AI는 무엇을 '생성'하는가?: 커뮤니케이션 생성 엔진」, 『문화과학』 114, 문화과학사, 102~127쪽.

노대원(2023), 「소설 쓰는 로봇: Chat GPT와 AI 생성 문학」, 『한국문예비평연구』 77, 한국현대문예비평학회, 125~160쪽.

박경수(2018), 「4차 산업혁명 시대 문학의 현재와 미래」, 『한중인문학연구』 60, 한중인문학회, 1~31쪽.

윤주한(2021), 「인공지능과 문예적 창의성: 허구적 상상력을 중심으로」, 『서울대학교 인문학연구원』 78(4), 93~125쪽.

이경님·조은경(2023), 「초거대 언어 모델을 기반으로 한 AI 대화 인터페이스: AI 대화 모델의 현황과 언어적 연구의 모색」, 『國語學』 105, 국어학회, 345~374쪽.

이명현·유형동(2019), 「인공지능 시대에 고전문학을 활용한 창의적 표현 교육 방안 연구: 고전서사 리텔링을 중심으로」, 『문화와 융합』 41(5), 한국문화융합학회, 655~686쪽.

이진영(2021), 「자동 글쓰기 기계의 표상과 서사」, 『영상문화』 39, 한국영상문화학회, 33~53쪽.

정현규(2007), 「팰림프세스트, 매체전이와 기억의 방법론」, 『독일어문학』 44, 한국독일어문학회, 165~182쪽.

최인자(2021), 「내러티브 사고력 중심의 융합교육 방법: 내러티브 발견 학습을 중심으로」, 『청람어문교육』 81, 청람어문교육학회, 133~162쪽.

Myeoung-Hyun Lee & Ji-Woo Kim(2023), "Case Study of a Class on Classical Narratives Using Chat GPT: Focusing on the Classics Retelling Project", *JAHR*, 14(2).

2. 저서

H. 포터 애벗, 우찬제 외 옮김(2010), 『서사학 강의』, 문학과사상사.

고창수 외(2012), 『인공지능 대화시스템 연구』, 지식과교양.

九鬼周造, 김성룡 역(2000), 『우연이란 무엇인가』, 이회문화사.

김용석(2009), 『서사철학』, 휴머니스트.

로버트 맥키, 고영범·이승민 옮김(2002), 『Story: 시나리오 어떻게 쓸 것인가』, 민음인.

박진(2005), 『서사학과 텍스트 이론』, 랜덤하우스중앙.

브라이언 보이드, 남경태 역(2013), 『이야기의 기원』, 휴머니스트.

아리스토텔레스, 천병희 역(1976), 『시학』, 문예출판사.

안스가 뉘닝·베라 뉘닝 엮음, 조경식 외 옮김(2018), 『서사론의 새로운 연구 방향』, 한국문화사.

이인화(2014), 『스토리텔링 진화론』, 해냄.

줄리아 크리스테바, 「말 대화 그리고 소설」, 여홍상 편(1995), 『바흐친과 문학이론』, 문학과지성사.

줄리아 크리스테바, 서민원 옮김(2005), 『세미오티케: 기호분석론』, 서민원.

켄달 L. 월튼, 양민정 옮김(2019), 『미메시스: 믿는 체하기로서의 예술』, 북코리아.

Gérard Genette(1997), *Palimpsests: literature in the second degree*, Lincoln: University of Nebraska Press.

Jules White et. al.(2023), "A prompt Pattern Catalog to Enhance Prompt Engineering with Chat GPT", 21, Feb, 2023(arXiv:2302.11382).

3. 인터넷 자료

두산백과, https://terms.naver.com/entry.naver?docId=1130500&cid=40942& categoryId=31433 (검색일: 2024.05.29).

Ordonez, Victor & Dunn, Taylor & Noll, Eric(2023), "OpenAI CEO Sam Altman says AI will reshape society, acknowledges risks: 'A little bit scared of this'" https://abcnews.go.com/Technology/openai-ceo-sam-altman-ai-reshape-society-acknowledges/story?id=97897122 (검색일: 2024.05.29).

제2장 Chat GPT를 활용한 고전문학 수업 사례

1. 서론

Chat GPT를 비롯하여 생성형 AI의 성능이 비약적으로 발전하면서 Chat GPT에 대한 우려와 불안이 늘고 있다. 인공지능의 발전으로 인해 인간의 영역이 축소될 것이라는 두려움, Chat GPT가 생성한 내용의 부정확성, Chat GPT에 대한 의존성, 기술적 불평등 등의 문제가 제기되고 있다. Chat GPT에 대한 두려움이 커지는 것은 그만큼 Chat GPT의 정보 제공 능력이 뛰어나고, 인간의 삶 곳곳에 Chat GPT가 영향을 주고 있기 때문일 것이다. 모든 새로운 과학 기술이 그러하듯 처음 등장할 때는 기술이 인간의 삶을 파괴할 것이라는 불안이 발생한다. 그러나 인류는 기술의 효용성을 포착하여 인간의 삶에 기여하는 방향으로 발전시켰다.

Chat GPT의 경우도 예상되는 문제의 해결 방안을 고민하면서, 다양한 분야에서의 활용 가능성을 모색할 필요가 있다. 이 과정에서

Chat GPT에 대한 근거 없는 두려움이나 과도한 낙관을 경계해야
한다. 무엇보다 Chat GPT에 대한 명확한 이해가 선행되어야 한다.
필자들은 이러한 문제 의식에 기반하여 고전문학 교육에 Chat GPT
를 활용할 수 있는 방안을 모색하기 위하여 2023년 1학기(3월 2일~6
월 21일) 중앙대학교 국어국문학과 〈고전서사 내러티브의 이해〉 수
업에서 Chat GPT를 활용한 '고전서사 리텔링 팀 프로젝트'를 진행하
였다.

이 글에서는 Chat GPT를 활용한 리텔링 학습 방안을 제안하고자
한다. 구체적으로 Chat GPT를 활용한 학생 프로젝트 설계, 학생 프
로젝트 과정 등을 제시하고, 이에 대한 학습자의 진단과 평가를 살펴
보고자 한다.

이를 위해서 Chat GPT의 환각과 고전문학 리텔링의 관계를 살펴
보고, 학습자 중심의 Chat GPT 수업 모델을 설계할 것이다. 그리고
학습자들이 팀 프로젝트를 진행한 과정과 결과물을 제시하고, 학습
자 설문 결과를 근거로 학습 성과와 한계를 분석할 것이다. 이를
바탕으로 인공지능 시대의 고전문학 교육 방향을 제언하고자 한다.

2. Chat GPT와 고전문학 리텔링

Chat GPT를 부정적으로 평가하는 표현 중에서 '훌륭한 거짓말쟁
이'라는 말이 있다. Chat GPT가 데이터의 한계 때문에 부정확한 지
식을 제공한다는 비판이다. 사용자의 질문에 대한 Chat GPT의 답변
이 어떤 과정을 거쳐 만들어졌는지, 정보의 출처는 무엇인지 밝히지
않는다는 점에서 이 비판은 타당성이 있다. 앞에서 언급한 것처럼

이 비판에는 간과한 점이 있다. Chat GPT는 텍스트 생성 알고리즘에 의해 때로는 거짓말쟁이가 될 수밖에 없다. Chat GPT는 언어 생성 AI로 프롬프트에 대응하는 상세한 응답을 제공하도록 설계되었을 뿐, 판단 능력을 갖추지는 않았다.

Chat GPT는 연속 단어의 확률 분포를 기반으로 통계적인 양적 기계 학습을 한 초거대 AI 언어 생성 모델이다(이경님·조은경, 2023: 346). 53쪽에서 설명한 것처럼 '연속 단어의 확률 분포'는 Chat GPT의 작동 원리에 연관성은 있지만 인과성은 없다는 사실을 암시한다. Chat GPT는 연속 단어의 확률 분포를 기반으로 프롬프트에 주어진 질문에 대한 답변을 자신의 방식(알고리즘)으로 문장화하는 기계이다.

Chat GPT가 정확한 사실만을 답변하면 좋겠지만, 텍스트 생성 알고리즘에 의해 완성된 문장을 제공해야 하기 때문에 사실이 아닌 답변을 생성하는 경우가 발생할 수밖에 없다. 이러한 Chat GPT의 특징을 환각 또는 인공 환각(artificial hallucination)이라고 한다. 환각(hallucination)은 Chat GPT 등의 생성 AI가 사실과 다른 정보를 마치 사실인 것처럼 생성하여 사용자를 혼동시키는 현상을 말한다. 구글 Meta는 이 환각 문제를 '사실이 아닌 자신 있는 진술'로 정의하기도 한다(노대원, 2023: 11).

바로 이 지점에서 Chat GPT의 환각은 서사의 허구성과 연결된다. Chat GPT는 데이터로 확인할 수 없는 정보, 사실이 아닌 사항 등에 대해서 그럴듯한 거짓말을 만들어낸다. 이때 '그럴듯한 거짓말'이란 실재 세계와는 충돌하지만, 이야기 내적으로는 완결된 허구를 말한다. 생성 AI의 환각은 제시된 문제 상황에 대하여 데이터 학습이라는 서사 집적 과정을 기반으로 개연성 있는 서사로 응답하는 것이라 할 수 있다. 이것은 인간이 이야기 향유를 바탕으로 허구적 상상력의 세계를 구현하는 것과 유사성이 있다.

Chat GPT의 훌륭한 거짓말을 '개연성 있는 허구'로 본다면, Chat GPT는 서사 창작 기계라 할 수 있다. 특히 고전문학 등 원작을 소재로 한 리텔링처럼 의도적으로 허구화(거짓말)해야 하는 상황이라면, 프롬프트에 입력된 내용을 기반으로 텍스트를 생성하는 Chat GPT의 능력은 매우 유용하다.

고전문학을 읽고 다시 쓰는 리텔링은 학습자들이 고전문학과 대화하는 과정이자, 자기를 표현하기 위해 고전문학의 규약과 관습을 수용, 해체, 변형하는 새로운 창조라 할 수 있다(이명현, 2015: 154). 고전문학 리텔링을 학습자 중심으로 정리하자면, 학습자가 작품을 읽고, 작품의 세부 요소를 파악하고, 작품 내적 요소와 작품 외적 요소의 관계를 이해한 후, 자신의 방식으로 표현하는 것이다. 학습자는 리텔링을 진행하면서 작품 구성 요소 이해의 순서와 절차, 구성 요소 간의 관계와 규칙성을 단계적으로 파악할 수 있고, 고전문학 작품 분석을 토대로 창의적으로 자신의 생각을 표현하게 된다.

학습자는 고전문학 리텔링을 통해 작품에서 제기하는 문제를 파악하고, 이 문제에 대해 작품에서 제시한 해결이 무엇이며, 이 해결책이 당대 사회에서 가능한 것인지, 가능하지 않다면 가능하지 않은 것을 가능하게 만들기 위하여 어떠한 서사 장치가 나타나고 있는지 등을 자기주도적으로 탐구한다(이명현·유형동, 2019: 666). 또한 오늘날의 관점에서 고전문학에서 제기한 문제를 자신의 방식으로 서사적으로 재구성하여 창의적으로 표현한다. 즉, 고전문학 리텔링은 고전문학 감상과 자기 표현을 단계적으로 재구성하는 과정이자 현실적 관점에서 고전문학을 재해석하는 창의적 작업이다.

Chat GPT를 활용한 고전문학 리텔링은 생성 AI의 환각을 서사적 허구로 인정하는 것이고, 인간이 인공지능과 대화함으로써 서사 공동체를 형성하는 것이다. 이를 이해하기 위해서는 인간 학습자(사용자)와 Chat GPT가 상호 작용하는 과정을 주목할 필요가 있다. Chat GPT와 사용자는 일대일로 대응하는 발화쌍을 주고받음으로써 대화적 관계를 구성한다. 사용자가 입력한 프롬프트를 Chat GPT가 데이터 학습을 기반으로 읽고 해석하여 결괏값을 제시하고, 사용자는 Chat GPT의 결괏값을 자신의 이야기 향유 경험에 기반하여 읽고 해석한 후, 다시 프롬프트에 요구 사항을 입력한다.

사용자는 Chat GPT와의 대화에서 리텔링 창작 주체로서 고전문학 작품을 분석하고, Chat GPT에게 재해석을 요청한다. 동시에 사용자는 Chat GPT가 생성한 텍스트를 읽고 분석하는 독자이기도 하다. 사용자는 자신만의 기대 지평과 세계 인식으로 Chat GPT가 제안한 스토리를 선택하고 수정한다. 55쪽의 설명처럼 Chat GPT는 사용자의 일방적인 요구에 응답하는 창작 도구(Authoring Tool)가 아니라, 사용자와 상호작용하면서 새로운 이야기 세계를 만들어가는 창작 주체라 할 수 있다. 사용자와 Chat GPT는 상호 작용을 통해 서사를 재구성·재배열하면서, 함께 새로운 텍스트를 창작하는 것이다.

고전문학 리텔링 과정에서 Chat GPT는 단순한 '서사 생성 기계' 이상의 의미가 있다. 사용자와 Chat GPT는 원작 텍스트를 매개로 하여 새로운 상상력을 구현하는 서사 공동체를 형성하고, 문제 제기와 의미 교환을 통해 서사적 가능성을 확장한다. 사용자와 Chat GPT는 각각 작가이면서 독자인 관계로서 서사 협상을 통해 고전서사를 수용, 해체, 변형, 재구성하는 공동 창작을 수행한다.

Chat GPT를 활용한 고전문학 리텔링은 과정 중심의 단계적 이해

교육이라고 할 수 있다. 사용자가 프롬프트에 자신의 요구 사항을 입력하기 위해서는 원작을 이해하고 분석해야 한다. 사용자의 요구에 Chat GPT가 답변하면 자신의 의도에 부합하는지, 개연성이 충분한지, 흥미로운 이야기인지 등을 판단해야 한다. 사용자는 Chat GPT를 활용하기 위해서 원작을 체계적으로 분석하고, 서사 창작을 단계적으로 진행해야 한다. 이것은 결국 사용자가 자신의 관점으로 작품을 깊이 읽고 이해하는 학습 과정이다. Chat GPT를 활용하여 고전문학을 단계적으로 이해하면 지식 습득 위주의 교육에서 벗어나 고전문학에 대한 다양한 관점의 해석과 창의적 재해석이 가능하다.

3. 수업 설계와 리텔링을 위한 Chat GPT 활용

〈고전서사 내러티브의 이해〉는 중앙대학교 국어국문학과 전공과목으로 한국의 대표적인 고전문학 작품을 학습하는 강의이다. 한국 대학의 고전문학 교과목은 민족문학과 전통을 중심으로 커리큘럼이 구성되었고(김정철, 2005: 22~23), 고유문화, 민족정체성, 독자성 등의 관점에서 고전 작품을 강의하는 경우가 대부분이다. 이러한 고전문학 교육은 고전문학과 현대문학의 맥락적 관계, 고전문학과 타 학문과의 융합에서 일정한 한계를 드러낸다(이명현, 2021: 47). 〈고전서사 내러티브의 이해〉 과목은 이러한 한계를 극복하기 위하여 모티프, 유형, 장르 등 서사적 요소의 수용과 변이를 중심으로 고전문학을 이해하기 위해 개설되었다.

〈고전서사 내러티브의 이해〉에서는 고전문학을 어휘 해석, 전통적 가치의 계승 등의 지식 범주로 학습하는 것에서 벗어나 과거부터 현재까지 전승되면서 변화하는 이야기이자 문화적 담론으로 이해하려고 한다. 고전문학을 이야기라는 측면에서 접근하게 되면 고전문학과 현대의 대중서사, 서브컬처, 과학 기술 등과 창의적 융합이 가능할 것이다. 2023년 1학기 수업에서는 이러한 가능성을 모색하기 위하여 『삼국유사』, 『삼국사기』〈열전〉, 『수이전』 등 주요 고전작품에 대한 이론적 학습과 Chat GPT를 활용한 고전문학 리텔링을 병행하였다. 이를 위한 수업 설계 내용과 고전문학 리텔링을 위한 Chat GPT 활용에 대하여 살펴보겠다.

2023년 1학기에 개설된 〈고전서사내러티브의 이해〉는 3학점으로 월(1차시), 수(2차시) 각 75분씩 총 150분 진행되었고, 26명의 학생이 수강하였다. 이 수업에서는 고전문학에 대한 이해를 바탕으로 Chat GPT를 활용한 고전서사 리텔링 프로젝트를 진행하기 위하여 다음과 같이 16주차의 강의 계획을 설계하였다.

〈표 1〉 16주차 강의 계획

주차		강의 주제 및 내용	Chat GPT 리텔링 프로젝트
1	1차시	강의 OT ① 강의 진행 방식 및 교수소개	
	2차시	강의 OT ② 교과목의 성격과 학습 대상	사전 단계 팀 편성
2	1차시	서사의 기원: 이야기의 진화와 시뮬레이션 이론	
	2차시	고전서사의 이해: 만들어진 전통과 창조된 고전	사전 단계 팀 빌딩
3	1차시	신화의 내러티브와 서사적 상징	
	2차시	신화의 기원, 신화와 이데올로기	서사 분석 단계 팀 활동
4	1차시	영웅서사와 탐색	
	2차시	주제 토론 및 발표, 팀 프로젝트 활동	서사 분석 단계 팀 활동
5	1차시	영웅서사의 현대적 수용과 변주	
	2차시	주제 토론 및 발표, 팀 프로젝트 활동	서사 분석 단계 팀 활동
6	1차시	귀신, 요괴, 괴물 서사	
	2차시	주제 토론 및 발표, 팀 프로젝트 활동	서사 경합 단계 팀 활동

주차		강의 주제 및 내용	Chat GPT 리텔링 프로젝트
7	1차시	요괴서사의 현대적 수용과 변주	
	2차시	주제 토론 및 발표, 팀 프로젝트 활동	서사 경합 단계 팀 활동
8		전문가 특강: Chat GPT와 스토리텔링	서사 경합 단계 팀 활동
9	1차시	애정서사와 로맨스	
	2차시	주제 토론 및 발표, 팀 프로젝트 활동	서사 협상 단계 팀 활동
10	1차시	애정서사의 현대적 수용과 변주	
	2차시	주제 토론 및 발표, 팀 프로젝트 활동	서사 협상 단계 팀 활동
11	1차시	조선시대 판타지 서사의 이해	
	2차시	주제 토론 및 발표, 팀 프로젝트 활동	서사 협상 단계 팀 활동
12	1차시	판타지 서사의 현대적 수용과 변주	
	2차시	주제 토론 및 발표, 팀 프로젝트 활동	서사 창조 단계 팀 활동
13	1차시	고전서사와 기억의 정치학	
	2차시	Chat GPT 리텔링 프로젝트 팀별 피드백	서사 창조 단계 팀 활동
14	1차시	Chat GPT를 활용한 고전문학 리텔링 발표 1, 2조	최종 단계 발표 및 피드백
	2차시	Chat GPT를 활용한 고전문학 리텔링 발표 3, 4조	최종 단계 발표 및 피드백
15	1차시	Chat GPT를 활용한 고전문학 리텔링 발표 5, 6조	최종 단계 발표 및 피드백
	2차시	종합강평: 고전서사의 현대적 계승	
16		기말고사, 학기 종료 후 설문 실시	최종 단계 수정본 제출

　이 수업은 『삼국유사』, 『삼국사기』 〈열전〉, 『수이전』 등 대상 작품이 많고, 교수 강의, 토론 및 발표, 팀 프로젝트 진행 등 다양한 학습 활동을 요구하는 교과목이다. 2023년 1학기에는 학생들의 학업 역량. 학습자의 흥미 유발, 학습 활동 등을 고려하여 학습 범위를 축소하였다. 강의계획서에 제시된 것처럼 신화, 영웅서사, 애정서사 등 주제별로 작품을 배치하고, 대표적인 작품 위주로 강의를 진행하였다.

　이 수업에서는 고전문학 작품을 단계적으로 이해하기 위하여 교수의 작품 해석, 학생들의 주제 토론 및 발표를 진행하였다. 교수의 강의에서는 작품의 세부 요소를 분석하고, 작품 내적 요소와 작품

외적 요소의 관계를 종합적으로 설명하였다. 학습자의 고전문학에 대한 관심을 유발하기 위해서 정전(canon) 중심의 민족문학 교육에서 읽고 감상하고 토론하는 문학 교육으로 변화할 필요가 있다(정병현, 2007). 그래서 강의 작품과 연계된 토론 주제를 사전에 제시하고 수업 시간에 조별 토론을 실시하였다.[1]

고전문학 작품 이해와 병행하여 Chat GPT를 활용한 고전문학 리텔링 프로젝트를 진행하였다. 브레인 스토밍, 아이디어 교환, 공동 창작 등을 위해 팀 프로젝트로 진행하였고, 사전 단계로 팀편성, 팀 빌딩 활동을 하였다. 3주차부터 '준비 단계 → 기획 단계 → 제작 단계'로 단계적으로 팀 프로젝트를 실행하였다. 팀 프로젝트 활동은 2차시 토론 발표 이후의 시간을 활용하였고, 교수와 학생이 지속적으로 소통하면서 리텔링 작업을 검토하였다. 사전단계부터 최종 보고서 제출까지 팀 프로젝트 전 과정을 표로 제시하면 다음과 같다.

〈표 2〉 팀 프로젝트 활동 과정

구분	주차	주요 활동
사전 단계	1~2주차	팀 편성, 팀 빌딩 활동, Chat GPT 프롬프트의 특성 이해
서사 분석 단계	3~5주차	원작 분석 및 서사분기점 파악, 리텔링 주요 설정 논의, 서사 단계별 리텔링 방안 설계
서사 경합 단계	6~8주차	작품에 대한 문제 제기, 학습자와 Chat GPT의 협업을 반복하며 제기한 문제에 여러 답변의 가능성 제시
서사 협상 단계	9~11주차	반복 협업을 통해 서사적 문제에 대답하기, 서사 요소 재배치를 통한 구조화

---

1) 토론 주제는 작품의 내용을 심층적으로 이해하고, 현대적 의미를 발견하고 적용할 수 있는 내용을 제시하였다. 4주차 2차시의 토론 주제를 예로 들면 '영웅서사에서 배제된 것은 무엇인가? 영웅의 자격과 영웅이 추구해야 하는 가치는 무엇인가? 지금 우리 시대는 영웅이 필요한 시대인가? 혹은 영웅이 부재해야 하는 시대인가?'이다. 토론이 끝난 후에는 조별로 발표하고 질의 응답을 통해 서로의 의견을 교환하였다.

구분	주차	주요 활동
서사 창조 단계	12~13주차	Chat GPT 제안의 자기 맥락화, 서사 주체의 창조적 표현
최종 단계	14~16주차	리텔링 결과물 PPT 발표, 질의 응답, 교수 강평 질의 및 강평 내용을 반영한 최종 보고서 제출

　고전문학 작품 이해와 Chat GPT 리텔링 프로젝트를 병행한 것은 고전문학을 단계적으로 이해하고, 오늘날의 관점에서 고전 작품에 문제를 제기하기 위해서이다. 학습자가 고전문학의 현재적 가치를 인식하지 않으면, 고전문학은 과거의 문화유산에 불과하다. 고전문학을 매개로 동시대의 문제, 나의 삶의 문제를 살펴보는 것이 필요하다(고정희, 2015). Chat GPT를 활용한 리텔링은 학습자의 자발적 학습 참여를 유도하는 창의적 교수학습 설계라 할 수 있다.

　현재 한국 대학의 고전문학 교육 현장에서 해야 할 최우선의 일은 학생들에게 고전 작품이 가지는 '현재성'을 인식시키면서 문학 작품으로 향유할 수 있는 길을 확장시키는 일이다(한길연, 2019: 62). Chat GPT를 활용한 고전문학 리텔링은 고전문학을 능동적으로 향유하면서 현재성을 탐구할 수 있는 효과적인 방안이라 할 수 있다. 〈고전서사내러티브의 이해〉 팀 프로젝트에서는 고전문학의 문제 의식을 오늘날의 관점으로 새롭게 재해석할 수 있도록 다음의 사항에 중점을 두었다.

① 학습자가 자기주도적으로 고전문학 작품을 분석하고 이해하기
② 학습자가 고전문학의 현재적 가치를 인식하고 재해석하기
③ Chat GPT의 특성을 이해하고 고전문학 리텔링에 활용하기
④ 학습자가 Chat GPT 리텔링 프로젝트를 통해서 고전문학을 재인식하기

Chat GPT를 활용한 고전문학 리텔링을 위해서는 고전문학 작품의 질서, 규범, 체계를 파악해야 한다. 단순히 작품의 줄거리를 아는 것이 아니라 장, 시퀀스, 서사 명제, 변화 등 스토리의 사건 구성 요소를 분석할 수 있어야 한다. 로버트 맥키는 '사건'이 분명한 목적 아래에 인위적으로 구성되어 배경, 이미지, 행동, 대화 속에 자리 잡는다고 보았다(맥키, 고영범 역, 2002: 31~65). 스토리에는 반드시 등장인물의 삶의 조건에 의미 있는 변화가 나타난다. 학습자가 사건에서 의미 있는 변화를 포착하기 위해서 등장인물의 문제 제기가 무엇인지 이해해야 한다.

　학습자가 Chat GPT를 활용한 리텔링 프로젝트를 수행하기 위해서는 자기주도적으로 고전 작품의 사건을 분석하고 이해해야만 한다. 학습자는 자신이 분석한 내용을 Chat GPT에게 학습시키고, 자신의 리텔링 의도를 실현하기 위해서 프롬프트에 서사적 제안을 입력해야 한다.

　이 과정에서 학습자는 고전문학을 매개로 현실의 문제를 성찰하게 된다. 고전문학 리텔링은 '오늘날 고전문학에서 어떠한 가치를 발견할 수 있을까?'라는 질문을 던지는 것이자, 고전문학을 활용하여 자신의 생각을 글로 표현하는 것이다(이명현, 2015: 140). 고전문학은 과거의 이야기이지만, 고전문학에서 제기한 다양한 문제는 오늘날에도 여전히 유효하다. 학습자들이 이를 포착하고, 리텔링을 통하여 자신의 이야기로 재구성하는 경험을 갖도록 하는 것이 중요하다(이명현, 2020: 259).

　학습자가 Chat GPT를 학습시키고, 프롬프트에 서사적 제안을 하기 위해서는 Chat GPT 프로그램의 특성과 생성 AI의 환각을 이해하고, 리텔링 과정에 적용할 수 있어야 한다. 학습자는 고전 작품을 매개로 Chat GPT와 '작가이면서 독자'인 서사 공동체를 형성해야 최선의 리텔링 결과물을 창작할 수 있다. 학습자의 Chat GPT 활용 능력은 리텔링 프로젝트의 성패를 좌우하는 핵심적 요소라 할 수 있다. 이렇게 학습자가 Chat GPT를 학습하고 리텔링에 적용하는 교육은 고전문학과 과학 기술의 창의적 융합이고, 고전문학 영역을 확장하는 것이라 할 수 있다.

최종적으로 학습자는 Chat GPT 리텔링 프로젝트를 수행하여 고전문학을 재인식하는 단계에 도달해야 한다. 고전문학이 단순히 과거의 문학이 아니라 현재의 나와 유의미하게 상호 작용하는 현재진행형의 문학이라는 것을 인식하는 것이 중요하다.

이러한 목표를 달성하기 위해서는 Chat GPT 활용이 중요하다. 이 수업을 수강하는 대부분의 학생들은 1주차에 Chat GPT 사용 경험이 없었다. 대체로 미디어에서 보고 들은 정도의 막연한 지식이고, Chat GPT를 사용했다고 해도 호기심 차원에서의 단순한 질문이 대부분이었다. 고전문학 리텔링 프로젝트를 수행하기 위해서는 학습자가 Chat GPT의 특성을 숙지하고 프롬프트 입력에 숙달되어야 한다.

필자들은 2023년 1학기 〈고전서사내러티브의 이해〉 리텔링 프로젝트를 위해 사전에 Chat GPT를 활용한 고전문학 리텔링을 반복적으로 실시하였고, Chat GPT 관련 최신 논문을 참고하여 다음과 같은 프롬프트 입력 가이드를 학습자에게 제시하였다.

① Chat GPT에게 원작의 기본적인 정보를 제공하기 위하여 작품을 분절적으로 분석하고, Chat GPT에 학습시켜야 한다. Chat GPT 학습을 위해서 다음과 같은 방식으로 프롬프트에 입력해야 한다.
첫째, 지시 대상을 명확히 하라. 이를 위해서 기호를 활용할 수

있다. 가령, 등장인물의 이름을 직접 제시하기보다 Character A, B, X와 같은 기호를 사용하여 인물의 구분을 명확히 할 수 있다. 혹은 대명사의 사용을 자제하거나 비슷한 의미를 가진 단어를 의도적으로 피해야 한다.

둘째, 앞뒤 맥락을 풍부하게 제시함으로써 Chat GPT가 'common sense'로 받아들일 수 있는 지침을 마련하라.

② 상황 설정, 인물, 사건, 배경 등 서사 이론을 고려하여 사용자의 의도를 구체적이고 명시적으로 제시해야 한다. 사용자의 의도와 목적을 명확히 제시하기 위해서 다음과 같은 방식을 채택해야 한다.

첫째, 연쇄적 사고(chain-of-thought)를 유도하라. 단계별로 작업을 나누어 제시하면, LLM의 추론 성능이 궁극적으로 향상될 수 있다.[2]

둘째, 풍부한 예시를 사용하라.[3] Chat GPT가 다양한 예시를 학습하고 이를 적용할 수 있도록 만들어라.

셋째, 가정법 구문을 통해 지시를 명확히 하라. 'If-else 구문'을 통해 지시를 보다 구체화할 수 있다. (만약에, 혹은 만약에 그렇지 않다면 등.)

넷째, Chat GPT에게 페르소나를 부여하라.[4] (Act as persona X) 가

---

2) Wei, Jason., Wang, Xuezhi., Schuurmans, Dale., Bosma, Maarten., Ichter, Brian., Xia, Fei et. al.(2022), *Chain of Thought Prompting Elicits Reasoning in Large Language Models*, In arXiv:2201.11903, pp. 1~41; Kojima, Takeshi., Gu, Shixiang Shane., Reid, Machel., Matsuo, Yutaka., Iwasawa, Yusuke(2022), *LargeLanguage Models are Zero-Shot Reasoners*, In arXiv:2205.11916, pp. 1~36.

3) Brown, Tom B., Mann, Benjamin., Ryder, Nick., Subbiah, Melanie., Kaplan, Jared., Dhariwal, Prafulla et. al.(2020); *Language Models are Few-Shot Learners*, In arXiv: 2005.14165v4, pp. 1~75.

4) Jules White., Quchen Fu., Sam Hays., Michael Sandborn., Carlos Olea., Henry Gilbert., Ashraf Elnashar., Jesse Spencer-Smith., Douglas C. Schmidt(2023), *A Prompt Pattern Catalog to Enhance Prompt Engineering with Chat GPT*, In arXiv:2302.11382, pp. 1~19.

령, 드라마 작가라든지 혹은 웹툰 스토리 작가라든지. 구체적인 페르소나를 부여하면 Chat GPT가 보다 구체적인 관점을 제시한다.

다섯째, 지시를 마무리하며 Chat GPT에게 이해 여부를 확인하라. '이해했어?' 혹은 '지금까지 이해한 내용을 정리해서 말해 봐.' 등의 요구를 통해 Chat GPT의 이해도를 점검할 수 있다.

③ 사고 과정을 반복적으로 구성하기 위해 Chat GPT가 후속 질문을 하도록 반복적으로 유도하는 Self-Ask의 방법[5]을 활용해야 한다.

첫째, Chat GPT가 후속 질문을 하도록 유도함으로써 초기 프롬프트의 부족한 점을 보충할 수 있다.

둘째, 후속 질문을 연쇄적으로 유도하며 Chat GPT와 대화쌍을 구성할 수 있는데, 이러한 대화쌍을 종합하여 서사적 연결을 제공할 수 있다.

④ Chat GPT에게 다양한 경우의 답변을 요구해야 한다.

Tree of thought 기법[6]: 각 단계에서 여러 추론 가능성을 참고하여 chain-of-thought를 확장할 수 있다. 문제를 여러 단계로 분절하고, 각각의 단계마다 여러 thought를 생성하여 본질적으로 나무 구조를 만들어 산출하는 방식이다.

5) Ofir Press., Muru Zhang., Sewon Min., Ludwig Schmidt., Noah A. Smith., Mike Lewis (2022), *Measuring and Narrowing the Compositionality Gap in Language Models*, In arXiv:2210.03350, pp. 1~25.

6) Shunyu Yao., Dian Yu., Jeffrey Zhao., Izhak Shafran., Thomas L. Griffiths., Yuan Cao., Karthik Narasimhan(2023), *Tree of Thoughts: Deliberate Problem Solving with Large Language Models*, In arXiv:2305.10601, pp. 1~11.

학습자들은 강의 및 팀별 교수 피드백을 통해 프롬프트 입력 가이드를 학습하였고, 프로젝트를 실행하면서 프롬프트 입력에 적용하였다. 학습자들은 Chat GPT와 상호 작용하면서 제안과 답변, 선택과 수정, 재질문 등의 과정을 반복하였다. 학습자들은 스토리를 종합해 나가는 과정에서 Chat GPT와 다양한 서사적 가능성을 협상하였고, 이를 통해 Chat GPT와 서사 공동체를 형성하는 경험을 하였다.

학습자들이 이러한 과정을 통해 완성한 결과물을 요약 제시하면 다음과 같다. 학습자들과 Chat GPT가 프롬프트로 상호 작용하는 과정 전체는 분량의 문제가 있어서 자세하게 분석하지 않고, Chat GPT 공유 링크로 대신한다.

〈표 4〉 학습자들의 협업 결과물

구분	원작	리텔링 내용	Chat GPT 상호 작용
1조	진성여대왕 거타지	• 문제 제기: 현시대의 진정한 영웅의 자격은 무엇인가? 누가 악당(혹은 요괴)으로 규정되는가? • 상황 설정: 현대를 배경으로 권력과 부를 독점하는 집단과 IT기술을 활용한 저항 세력 • 핵심적인 각색: 원작에서는 용왕의 요청으로 거타지가 여우를 퇴치하지만, 리텔링에서는 거타지가 용왕그룹과 늙은 여우 집단 모두와 투쟁함.	https://chat.openai.com/share/d9f1bce-ff45-4dab-9414-790e5ef7fa18
2조	만파식적	• 문제 제기: 진정한 화합과 연대의 가치는 무엇인가? • 상황 설정: 당대를 배경으로 신문왕과 김춘질의 대립, 원작에 없는 신문왕의 조력자 아랑 • 핵심적인 각색: 신문왕이 만파식적을 획득하는 과정에서 적대자와 조력자를 등장시킴. 신문왕이 만파식적을 통해서 화합과 연대의 가치를 깨달음.	https://chat.openai.com/share/4e3d5bdb-a055-4391-a2fa-db8b41d78086
3조	도화녀 비형랑	• 문제 제기: 진지왕에 대한 부정적 평가 재고, 인간과 비인간의 본질적 차이 • 상황 설정: 두두리를 별도의 종족으로 설정, 도화녀를 두두리의 무녀로 설정, 비형랑을 인간과 두두리의 혼혈로 설정, 길달을 두두리의 무녀로 설정 • 핵심적인 각색: 비형랑이 정혼자인 길달을 배신하고, 신라의 천명 공주와 결혼함. 인간과 두두리 종족의 관계 단절.	

구분	원작	리텔링 내용	Chat GPT 상호 작용
4조	김현감호	• 문제 제기: 호랑이 처녀의 일방적인 희생과 헌신에 대한 의문 • 상황 설정: 현대를 배경으로 호랑이 처녀와 인간 남성의 로맨스, 호랑이 처녀의 세 오빠는 여동생을 과보호하는 인물들. • 핵심적인 각색: 세 오빠와 김현의 갈등이 발생하고, 호랑이 처녀의 적극적인 대응으로 갈등을 해결하고 인간과 호랑이라는 종족의 차이를 극복하여 사랑에 성공함.	https://chat.openai.com/share/018a0299-dd56-40d4-ad1a-f6fac280d8ef
5조	수로부인	• 문제 제기: 수로부인의 수동성에 문제 제기, 작품에서 사건의 구체적 내용이 드러나지 않음. • 상황 설정: 육지에 사는 지인(地人)과 바다에 사는 해인(海人)이 존재함. 수로는 둘의 혼혈로 중간적 존재임. • 핵심적인 각색: 수로가 물을 제어하는 능력을 가지고, 지인(地人)과 해인(海人)의 전쟁을 중재하고, 두 세계를 화합하게 함.	https://chat.openai.com/share/0613d314-77da-471f-8f80-9b408cdb0b5e
6조	온달전	• 문제 제기: 평강공주와 온달의 결혼은 진정한 사랑인가? 평강공주는 결혼 이후 왜 온달의 내조에 만족하는가? • 상황 설정: 평강을 탐색의 주체로 설정하고, 온달을 특별한 능력을 지닌 조력자로 설정. • 핵심적인 각색: 남녀 주인공을 탐색 모험의 동료로 설정하고, 여주인공이 주도적으로 신비로운 호수를 모험하는 이야기. 남녀주인공이 도움을 주고받는 상호적 관계.	

학습자들은 Chat GPT와 공동 작업에서 최초 자신들의 의도와 Chat GPT의 제안을 반복적으로 비교 검토하게 된다. 학습자들은 Chat GPT와 함께 스토리를 '선택-수정-종합'하는 과정에서 서사적 완결성과 팀의 리텔링 의도(주제 구현)를 지속적으로 고민할 수밖에 없다. 그렇기 때문에 고전문학에서 제기한 문제와 현실의 '나'의 문제를 연결하는 사고력이 향상되는 것이고, 고전문학의 문제 의식을 오늘날의 관점으로 새롭게 재해석하는 상상력과 창의력이 발휘되는 것이다.

그렇다면 수업의 목표가 실제로 달성되었는지를 다음 장에서 학습자의 설문 결과를 분석하여 살펴보겠다.

4. 학습자 설문 분석

1) 설문 대상

2023년 1학기 중앙대학교 서울캠퍼스에서 〈고전서사 내러티브의 이해〉 수업을 수강한 학생을 대상으로 2023년 6월 13일부터 18일까지 Chat GPT를 활용한 리텔링 과정에 대한 만족도 설문을 진행하였다.

2) 설문 모형 및 가설

설문을 통해 다음과 같은 두 가지 가설을 확인하고자 한다.

가설 1: Chat GPT를 활용한 리텔링 과정이 한국 고전 서사에 대한 이해에 정(+)
적 영향을 준다.
가설 2: Chat GPT를 활용한 리텔링 과정이 한국 고전 서사에 대한 흥미에 정(+)
적 영향을 준다.

가설 검증을 위해 세부적으로 변수를 나누어 구성하였고, 이에 따른 문항을 마련하였다. 구체적으로는 설문을 통해 과정 전 이해 정도, 과정 전 흥미 정도, 평소 Chat GPT 활용 여부, 과정 후 이해 정도, 과정 후 흥미 정도, 과정의 만족도를 확인하고자 하였다. 이에 따라 설문은 응답자의 특성을 묻는 문항(성별, 국적, 학차)을 제외하고 다음과 같이 구성되었다. 모든 문항의 답변은 리커트 5점 척도로 이루어져 있다.

〈표 5〉 변수별 설문 문항 사례

과정 전 이해 정도	수업을 듣기 전, 당신은 한국 고전 서사에 대해 얼마나 알고 있었습니까?
과정 전 흥미 정도	수업을 듣기 전, 당신은 한국 고전 서사에 대해 얼마나 흥미가 있었습니까?
평소 Chat GPT 활용 여부	당신은 평소에 Chat GPT를 사용하는 편입니까?
	스스로 생각했을 때, 당신은 Chat GPT를 얼마나 활용하는 편입니까?
과정 후 이해 정도	수업을 들은 후, 당신은 한국 고전 서사에 대해 얼마나 알게 되었습니까?
	Chat GPT를 활용한 리텔링 과정이 한국 고전 서사를 이해하는 데 얼마나 영향을 미칩니까?
	Chat GPT를 활용한 리텔링 과정이 해당 고전 서사 작품을 이해하는 데 도움이 됩니까?
과정 후 흥미 정도	수업을 들은 후, 당신은 한국 고전 서사에 대해 얼마나 흥미가 생겼습니까?
	Chat GPT를 활용한 리텔링 과정이 한국 고전 서사에 흥미를 느끼는 데 얼마나 영향을 미칩니까?
	Chat GPT를 활용한 리텔링 과정이 해당 고전 서사 작품에 흥미를 느끼는 데 도움이 됩니까?
과정의 만족도	Chat GPT를 활용한 리텔링 과정은 시간과 노력을 들일 만한 가치 있는 경험이었습니까?
	Chat GPT를 활용한 리텔링 과정을 다른 학습자에게 추천할 의향이 있습니까?
	다른 고전 서사 작품도 Chat GPT를 통해 학습할 의향이 있습니까?

또한, 표본이 상대적으로 적다는 점(N=24)을 고려하여 주관식 설문을 통하여 심층 인터뷰를 진행하는 방식으로 논지의 근거를 보충하고자 하였다.

3) 설문 결과

(1) 빈도 및 기술 통계표

〈표 6〉 빈도 및 기술 통계표

변수	구분	평균	표준편차	N(%)
성별	여성			17(70.8%)
	남성			7(29.2%)
국적	한국			18(75.0%)
	중국			6(25.0%)
	기타			0
학차	1차 학기			0
	2차 학기			1(4.2%)
	3차 학기			2(8.3%)
	4차 학기			2(8.3%)
	5차 학기			5(20.8%)
	6차 학기			1(4.2%)
	7차 학기			11(45.8%)
	8차 학기			1(4.2%)
	9차 학기 이상			1(4.2%)
과정 전 이해 정도		3.17	0.702	
과정 전 흥미 정도		3.54	1.021	
평소 Chat GPT 흥미 여부		2.40	1.113	
과정 후 이해 정도		4.11	0.650	
과정 후 흥미 정도		4.15	0.862	
과정의 만족도		4.10	0.795	

설문 응답자는 수강생 26명 중 24명이다. 여성은 17명(70.8%)이고, 남성은 7명(29.2%)이다. 응답자의 국적은 한국이 18명(75.0%), 중국이 6(25.0%)명이다. 응답자의 학차는 7차 학기에 해당하는 학생이 11명(45.8%)으로 절반 정도이다. 이후 순서대로 5차 학기에 5명(20.8%),

3차와 4차 학기에 각각 2명(8.3%)이 해당하며, 1차 학기를 제외한 모든 학차에 응답자가 분포해 있다.

(2) 대응표본 t검정

먼저, Chat GPT를 활용한 리텔링 과정 전 한국 고전 서사에 대한 이해 및 흥미 정도와 과정 후 한국 고전 서사에 대한 이해 및 흥미 정도의 차이를 알아보기 위해 대응표본 t검정을 실시하였다. 가설 검증을 위하여 [모델 1]은 이해 정도를, [모델 2]는 흥미 정도를 파악하기 위해 종속 변수를 다르게 투입하였다.

〈표 7〉 Chat GPT를 활용한 리텔링 과정 전후 한국 고전 서사 이해 및 흥미 차이 비교

구 분		기술통계량			t(p)
		N	평균(M)	표준편차(SD)	
한국 고전 서사 이해	과정 전	24	3.17	0.702	−6.094(<0.001)***
	과정 후	24	4.11	0.650	
한국 고전 서사 흥미	과정 전	24	3.54	1.021	−2.524(0.009)**
	과정 후	24	4.15	0.862	

※ (N=24) *p<.05, **p<0.01, ***p<0.001

[모델 1] Chat GPT를 활용한 리텔링 과정 전 한국 고전 서사에 대한 이해 정도와 과정 후 한국 고전 서사에 대한 이해 정도에 차이가 있다.

분석 결과, t=−6.094, p<0.001로 유의수준 0.001을 기준으로 보았을 때 상당히 통계적으로 유의하게 나타났다. 따라서 귀무 가설이 기각되고 대립 가설이 채택되어 'Chat GPT를 활용한 리텔링 과정 전 한국 고전 서사에 대한 이해와 과정 후 한국 고전 서사에 대한

이해 정도에 차이가 있다'라고 볼 수 있다. Chat GPT를 활용한 리텔링 과정 전 한국 고전 서사에 대한 이해는 평균 3.17점인 데 반해 과정 후 한국 고전 서사에 대한 이해는 평균 4.11점으로 약 0.94점 상승하였다. 이는 Chat GPT를 활용한 리텔링 과정이 한국 고전 서사 이해 정도에 영향을 준 것으로 판단된다.

[모델 2] Chat GPT를 활용한 리텔링 과정 전 한국 고전 서사에 대한 흥미 정도와 과정 후 한국 고전 서사에 대한 흥미 정도에 차이가 있다.

   분석 결과, t=-2.524, p=0.009로 유의수준 0.01을 기준으로 보았을 때 통계적으로 유의하게 나타났다. 따라서 귀무 가설이 기각되고 대립 가설이 채택되어 'Chat GPT를 활용한 리텔링 과정 전 한국 고전 서사에 대한 흥미와 과정 후 한국 고전 서사에 대한 흥미 정도에 차이가 있다'라고 볼 수 있다. Chat GPT를 활용한 리텔링 과정 전 한국 고전 서사에 대한 흥미는 평균 3.54점인 데 반해 과정 후 한국 고전 서사에 대한 흥미는 평균 4.15점으로 약 0.61점 상승하였다. 이는 Chat GPT를 활용한 리텔링 과정이 한국 고전 서사 흥미 정도에 영향을 준 것으로 판단된다.

(3) 회귀 분석표

   또한, 실제로 Chat GPT를 활용한 리텔링 과정이 리텔링 과정 후 한국 고전 서사에 대한 이해 및 흥미 정도에 영향을 미쳤는지 확인하기 위해 추가로 단순선형 회귀분석을 실시하였다.

〈표 8〉 Chat GPT를 활용한 리텔링 과정이 한국 고전 서사 이해에 미치는 영향

변수	비표준화 계수		표준화 계수	t(p)	F(p)	R^2
	B	SE	β			
(상수)	1.181	0.350		3.368**	72.465(<0.001)***	0.767
과정의 만족도	0.715	0.057	0.876	8.513***		

※ (N=24) *p<.05, **p<0.01, ***p<0.001

[모델 1] Chat GPT를 활용한 리텔링 과정의 만족도가 리텔링 과정 후 한국 고전 서사에 대한 이해 정도에 영향을 미친다.

분석 결과, F=72.465(p<0.001)로 본 회귀 모형은 적합하다. R^2=76.7 이므로 종속 변수가 독립 변수에 의해 76.7% 설명된다. 비표준화 계수 β값과 t분포에 따른 유의확률(p)을 살피면, Chat GPT를 활용한 리텔링 과정의 만족도는 β=0.715(p<0.001)로 귀무가설이 기각, 대립 가설이 채택되어 한국 고전 서사에 대한 이해 정도에 유의미한 영향 을 미친다. 이때, β값의 부호가 정(+)적이므로, 만족도가 증가함에 따라 이해 정도도 높아진다고 볼 수 있다.

〈표 9〉 Chat GPT를 활용한 리텔링 과정이 한국 고전 서사 흥미에 미치는 영향

변수	비표준화 계수		표준화 계수	t(p)	F(p)	R^2
	B	SE	β			
(상수)	0.186	0.434		0.428	86.558(<0.001)***	0.797
과정의 만족도	0.968	0.104	0.893	9.304***		

※ (N=24) *p<.05, **p<0.01, ***p<0.001

[모델 2] Chat GPT를 활용한 리텔링 과정의 만족도가 리텔링 과정 후 한국 고전 서사에 대한 흥미 정도에 영향을 미친다.

분석 결과, F=86.558(p<0.001)로 본 회귀 모형은 적합하다. R^2=79.7

이므로 종속 변수가 독립 변수에 의해 79.7% 설명된다. 비표준화 계수 β값과 t분포에 따른 유의확률(p)을 살피면, Chat GPT를 활용한 리텔링 과정의 만족도는 β=0.968(p⟨0.001)로 귀무가설이 기각, 대립 가설이 채택되어 한국 고전 서사에 대한 흥미 정도에 유의미한 영향을 미친다. 이때, β값의 부호가 정(+)적이므로, 만족도가 증가함에 따라 흥미 정도도 높아진다고 볼 수 있다.

4) 가설 검증

대응표본 t검정과 선형 회귀분석 결과를 종합적으로 고려하면 다음과 같이 가설을 검증할 수 있다. 첫째, Chat GPT를 활용한 리텔링 과정 전후로 한국 고전 서사 이해 정도에 차이가 있다. 해당 과정의 만족도가 과정 이후의 이해 정도에 정(+)적인 영향을 준다는 것이 유의미하게 밝혀졌으므로, Chat GPT를 활용한 리텔링 과정이 한국 고전 서사 이해 정도에 정(+)적인 영향을 준다는 가설이 검증되었다. 둘째, Chat GPT를 활용한 리텔링 과정 전후로 한국 고전 서사 흥미 정도에 차이가 있다. 해당 과정의 만족도가 과정 이후의 흥미 정도에 정(+)적인 영향을 준다는 것이 유의미하게 밝혀졌으므로, Chat GPT를 활용한 리텔링 과정이 한국 고전 서사 흥미 정도에 정(+)적인 영향을 준다는 가설이 검증되었다. 따라서 가설 1(Chat GPT를 활용한 리텔링 과정이 한국 고전 서사에 대한 이해에 정(+)적 영향을 준다)과 가설 2(Chat GPT를 활용한 리텔링 과정이 한국 고전 서사에 대한 흥미에 정(+)적 영향을 준다)는 모두 지지된다.

5) 주관식 설문을 통한 성과 분석 보완

객관식 설문 결과 분석을 통해 Chat GPT를 활용한 리텔링 과정이 한국 고전 서사의 이해와 흥미 측면에서 모두 긍정적인 효과를 유발한다는 것을 파악할 수 있다. 그러나 해당 설문은 2023년 1학기 〈고전서사 내러티브의 이해〉 수강생을 대상으로 한정하고 있기 때문에 표본의 수가 상대적으로 적다는 한계를 갖는다. 따라서 이러한 문제를 보완하기 위해서 개별 학습자를 대상으로 주관식 설문을 진행하였다.

주관식 설문 내용은 팀 프로젝트 설계에서 중점을 둔 자기주도 학습 효과, 고전문학 이해도, Chat GPT 활용, 리텔링 프로젝트의 효과, 프로젝트의 의의와 한계 등을 고려하여 다음과 같이 구성하였다.

- Chat GPT를 활용한 수업과 일반 강의의 차이점은 무엇이라고 생각합니까?
- 리텔링 과제를 수행하면서 Chat GPT를 어떻게 활용했는지 그 방법을 구체적으로 작성해 주세요.
- 일반적으로 학습한 다른 작품과 비교했을 때, Chat GPT로 고전 서사를 이해하는 방식은 어떤 점에서 도움이 되었습니까?
- 일반적으로 학습한 다른 작품과 비교했을 때, Chat GPT로 고전 서사를 이해하는 방식은 어떤 점에서 아쉬웠습니까?
- Chat GPT를 통해 고전 서사를 이해하는 과정에서 본인의 이해가 심화되었다면, 어떤 측면에서 심화되었습니까?
- Chat GPT를 통해 고전 서사를 이해하는 과정에서 가장 어려움을 느낀 부분은 무엇입니까?

위의 설문에 대한 답변 내용을 보면, 다음과 같은 결과를 확인할 수 있다.

[능동적인 참여와 자기주도적 학습]

Chat GPT를 활용한 수업은 교수가 학습자에게 학습에 필요한 기본적인 내용을 교육하고, 이후에는 학생이 학습한 내용을 토대로 스스로 탐구하는 방식으로 진행이 되어 학생들의 능동적인 참여가 요구되는 수업이었다. (학생 1, *숫자는 설문에 답변한 학생의 순서임.)

GPT를 사용한 방식은 스스로 의문점을 제기하고, 그 질문을 GPT에게 하면서 같이 해결하며 능동적으로 학습할 수 있다. (학생 6)

설문 답변에서 다수의 학습자들은 Chat GPT를 활용한 리텔링의 장점을 능동적인 참여라고 하였다. 학습자는 Chat GPT에 질문을 입력해야 하기 때문에 원작을 스스로 탐구하고, 질문 의도와 질문 내용 구성을 직접 작성해야만 한다. 학습자의 입장에서는 이러한 학습 과정이 자기주도적이라고 판단하였다. 따라서 프로젝트 설계와 그에 따른 효과가 적절하게 나타난 것이라 할 수 있다.

[고전문학 원작에 대한 이해 심화]

Chat GPT를 사용하는 과정에서 원작에 대한 분석적 이해가 가능했으며, 이에 따라 원작에 대한 이해도가 심화되었다. 이는 그저 원작을 단락 분석하는 것에 그쳤다는 것이 아니라, 그 단락에 따라 세세하게 문제 제기를

할 수 있었고, 단락마다 의미 해석이 가능했다. (학생 9)

GPT를 사용하기 전 준비 과정에서 작품에 대한 정보를 수집하면서 그 이해도가 높아졌던 것 같고, 프롬프트를 입력하면서 원작과 차별화를 주기 위한 지점들을 다시 살피면서 그 과정에서 고전서사에 대한 이해가 높아졌던 것 같다. (학생 18)

Chat GPT를 활용하여 고전문학을 리텔링하기 위해서는 고전문학의 배경과 인물, 주제 등을 구체적으로 파악해야 한다. 학습자들은 새로운 이야기를 만들기 위해서 등장인물의 개성적인 특징과 매력, 공간 배경의 분위기, 사회적 환경, 사건의 특수성, 주제 의식 등을 이해하고, 작품의 서사 분기점을 분석해야 한다. 그리고 학습자의 기획 의도에 맞춰 리텔링하기 위해서는 우선 원작의 의미를 해석하고, 이것을 어떻게 변주하여 새로운 의미를 창출할 것인지 고민해야 한다. 학습자들은 이와 같은 과정을 통해서 고전문학 원작을 보다 깊이 이해하게 되었다.

그리고 Chat GPT 활용하여 리텔링 창작을 진행하면서 문학에 대한 근본적인 질문을 하는 사례가 나타난다.

이야기가 가지고 있는 가장 보편적인 전개 방식을 이해할 수 있었다. (학생 24)

문학의 존속은 결국 무엇을 위한 것이며, 앞으로는 어떤 방식으로 서사가 만들어질 것인가, 기존의 고전서사는 어떤 것으로 바라봐야 하는가에 대하여 고민하였다. (학생 20)

문학과 서사에 대한 고민을 작성한 학습자는 3명이었다. 전체 학습자에 비하면 소수이지만, Chat GPT 리텔링을 수행하면서 서사의 보편성, 문학의 본질에 대한 문제 의식을 갖게 된 것이다. 인공지능 기술이 급격히 발전하면서 문학 창작과 향유에 인공지능이 직접적으로 영향을 주기 시작하였다. 리텔링 프로젝트를 통해서 인공지능 시대에 문학은 어떻게 규정되어야 하는지 진지하게 성찰하게 된 것이다.

[학습자와 Chat GPT의 협력적 관계 형성]

4번째 팀원으로서 함께했다. (…중략…) 스스로 의문점을 제기하고 그 질문을 GPT에게 하면서 같이 해결하며 능동적으로 학습할 수 있었다. (학생 6)

Chat GPT는 내게 무궁무진한 아이디어를 가진, 지치지 않는 팀원으로 느껴졌다. (학생 21)

학습자들은 Chat GPT에게 장르, 매체, 등장인물, 시공간 등 배경 설정, 주요 사건 등 기본적인 리텔링 정보를 Chat GPT에 입력하고, 자신들이 채우지 못한 빈 부분을 Chat GPT에게 요청한다. 이 과정에서 학습자들은 Chat GPT를 보조작가, 함께 작업하는 팀원으로 인식하는 경우가 나타났다. 이러한 사례는 학습자와 Chat GPT가 서사 공동체를 형성하고 있음을 보여주는 것이다. 인간과 생성 AI가 소통하고, 협력한다면 새로운 방식의 문학 창작이 가능할 것이다.

[Chat GPT 활용에 대한 한계]

다수의 학습자들은 Chat GPT 리텔링을 진행하면서 Chat GPT 데이터의 부정확성에 대해 어려움을 겪었다고 답변하였다. Chat GPT의 한국 고전 데이터가 충분하지 않기 때문에 학습자의 의도에 대응하지 못하고 엉뚱한 답변을 제시한다는 것이다. 그렇기에 Chat GPT를 참고용 도구로 한정적으로 사용할 수밖에 없으며, 세밀한 스토리텔링 작업은 직접 진행해야 한다는 점을 한계로 지적하였다. 그리고 학습자들은 Chat GPT가 제안하는 스토리가 도식적이라고 지적한다.

Chat GPT가 제안하는 아이디어가 크게 마음에 차지 않았다. Chat GPT의 흐름에 상상력과 창의력이 갇힌다는 느낌을 받았다. (학생 2)

제시해 주는 내용들이 진부하다. 색다르지 않고, 어디서 들어본 내용이다. (학생 4)

위의 학생 답변에서 보듯이 Chat GPT는 주로 익숙한 이야기를 답변한다. 이것은 Chat GPT가 학습한 서사 패턴과 관련이 있을 것이다. 현재 정확한 학습 데이터를 파악하기는 어렵지만, 대체로 프로프(Vladimir Propp)의 『민담 형태론』 등과 같은 구조주의 서사 패턴을 학습한 것으로 보인다. Chat GPT가 서사 구성 요소를 유형화하고 체계화하는 방식을 학습하였기 때문에 도식적이고 익숙한 이야기를 제안하는 것으로 추정된다.

그리고 Chat GPT가 창의적인 서사 제안이 어려운 이유는 Chat GPT가 연속 단어의 확률 분포를 기반으로 한 문장 생성 기계이기 때문이다. 현 단계의 기술적 한계와 데이터의 문제로 상상력과 창의력을 요구하기는 어렵다. 하지만 이러한 문제는 사용자의 증가와 데이터의 확보로 어느 정도는 해결할 수 있을 것이다. 이외에 Chat GPT 활용 능력이 미숙하여 제대로 사용하기 어려웠다는 답변이 있었고, 사전에 필요한 만큼의 정보를 학습하는 과정이 힘들었다는 의견이 있었다.

학습자들이 지적한 Chat GPT의 한계는 Chat GPT 데이터의 부정확성, 학습자의 의도에 대응하지 못하는 답변, 창의적이지 않은 Chat GPT 서사 제안, 학습자의 Chat GPT 활용 능력 미흡 등이다. 현재로서 이러한 한계는 분명히 존재하지만, 지속적으로 Chat GPT를 활용한 고전문학 리텔링 교육 방법을 모색한다면 해결책을 찾을 수 있을 것으로 보인다.

5. 결론

Chat GPT는 사실과 다른 정보를 마치 사실인 것처럼 생성하는 인공 환각(artificial hallucination)이 발생한다. Chat GPT의 환각은 현 단계의 기술적 한계이지만, 한편으로는 개연성 있는 허구적 서사를 창작할 수 있는 생성 AI의 특징이라 할 수 있다. 이 논문에서는 Chat GPT의 환각을 고전문학 교육에 활용하기 위한 방안을 모색하기 위하여 고전문학 리텔링 프로젝트를 진행한 수업 사례를 살펴보았다.

2023년 1학기 〈고전서사 내러티브의 이해〉 수업 사례를 통해서 Chat GPT를 활용한 고전문학 리텔링에 능동적인 자기주도적 학습, 고전문학 작품 이해의 심화, 고전문학에 대한 흥미 유발 등의 효과가 있다는 것을 확인하였다. 그리고 리텔링 프로젝트를 진행하면서 학습자와 Chat GPT가 협력적 관계를 형성하는 사례를 발견할 수 있었고, 소수의 학생들은 문학과 서사에 대한 근본적인 문제 의식을 갖게 되었다.

기존의 한국 대학의 고전문학 교육은 민족문학의 관점에서 고유 문화, 민족정체성, 독자성 등을 강조하였다. 민족문학으로서 고전문학의 가치는 지속적으로 유효하겠지만, 인공지능 등 과학 기술의 발전으로 문학 환경이 변화하는 지금 시기에는 새로운 고전문학 교육 방법을 모색해야 한다. 이 글에서는 학습자와 Chat GPT가 상호작용하는 학습 방안을 제시하여 고전문학 교육과 인공지능을 연계하고자 하였다. 이러한 시도가 누적된다면 인공지능 시대에 고전문학을 어떻게 감상하고 교육할 것인가에 대한 실질적 방안이 도출될 수 있을 것이다.

참 고 문 헌

Brown, Tom B., Mann, Benjamin., Ryder, Nick., Subbiah, Melanie., Kaplan, Jared., Dhariwal, Prafulla et. al.(2020), *Language Models are Few-Shot Learners*, In arXiv:2005.14165v4, pp. 1~75.

Jules White., Quchen Fu., Sam Hays., Michael Sandborn., Carlos Olea., Henry Gilbert., Ashraf Elnashar., Jesse Spencer-Smith., Douglas C. Schmidt (2023), *A Prompt Pattern Catalog to Enhance Prompt Engineering with Chat GPT*, In arXiv:2302.11382, pp. 1~19.

Kojima, Takeshi., Gu, Shixiang Shane., Reid, Machel., Matsuo, Yutaka., Iwasawa, Yusuke(2022), *Large Language Models are Zero-Shot Reasoners*, In arXiv:2205.11916, pp. 1~36.

McKee, Robert(1997), *Story*, It Books; 로버트 맥키, 고영범 역(2002), 『Story: 시나리오 어떻게 쓸 것인가』, 민음인.

Ofir Press., Muru Zhang., Sewon Min., Ludwig Schmidt., Noah A. Smith., Mike Lewis(2022), *Measuring and Narrowing the Compositionality Gap in Language Models*, In arXiv:2210.03350, pp. 1~25.

Shunyu Yao., Dian Yu., Jeffrey Zhao., Izhak Shafran., Thomas L. Griffiths., Yuan Cao., Karthik Narasimhan(2023), *Tree of Thoughts: Deliberate Problem Solving with Large Language Models*, In arXiv:2305.10601, pp. 1~11.

Wei, Jason., Wang, Xuezhi., Schuurmans, Dale., Bosma, Maarten., Ichter, Brian., Xia, Fei et. al.(2022), *Chain of Thought Prompting Elicits Reasoning in Large Language Models*, In arXiv:2201.11903, pp. 1~41.

고정희(2015), 「고전문학의 지속가능성과 고전문학 교육」, 『한국한문학연구』 57, 한국한문학회, 132~162쪽.

김정철(2005), 『고전소설 교육의 과제와 방향』, 월인.

노대원(2023), 「소설 쓰는 로봇: Chat GPT와 AI 생성 문학」, 『한국문예비평 연구』 77, 한국현대문예비평학회, 127~162쪽.

이경님·조은경(2023), 「초거대 언어 모델을 기반으로 한 AI 대화 인터페이 스: AI 대화 모델의 현황과 언어적 연구의 모색」, 『國語學』 105, 국어학 회, 2023, 345~374쪽.

이명현(2015), 「고전소설 리텔링(Re-telling)을 통한 창의적 사고와 자기표현 글쓰기」, 『우리문학연구』 48, 우리문학회, 137~161쪽.

이명현(2021), 「고전서사의 경계 확장과 요괴 서사」, 『인문학연구』 47, 경희 대학교 인문학연구원, 45~70쪽.

이명현·유형동(2019), 「인공지능 시대에 고전문학을 활용한 창의적 표현 교육 방안 연구: 고전서사 리텔링을 중심으로」, 『문화와 융합』 41(5), 중앙대학교 인문콘텐츠연구소, 655~686쪽.

정병헌(2007), 「대학 고전문학 교육의 현상과 전망」, 『한국고전연구』 15, 한국고전연구학회, 5~26쪽.

한길연(2019), 「사범대학 고전문학교육의 현황과 제언」, 『문학교육학』 63, 한국문학교육학회, 62쪽.

설문 1: 수업을 듣기 전, 당신은 한국 고전 서사에 대해 얼마나 알고 있었습니까?(3.16)

Before taking the class, how much did you know about Korean classical narratives?

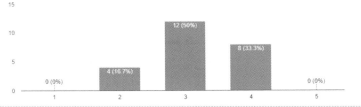

설문 2: 수업을 듣기 전, 당신은 한국 고전 서사에 대해 얼마나 흥미가 있었습니까?(3.54)

Before taking the class, how interested were you in Korean classical narratives?

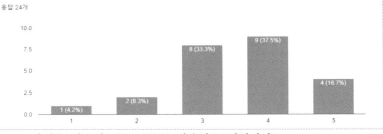

설문 3: 당신은 평소에 Chat GPT를 사용하는 편입니까?

Do you usually use Chat GPT?

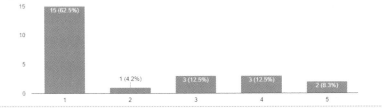

설문 4: 스스로 생각했을 때, 당신은 Chat GPT를 얼마나 활용하는 편입니까?
In your own opinion, how much do you use Chat GPT?

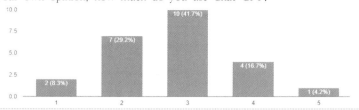

설문 5: 수업을 들은 후, 당신은 한국 고전 서사에 대해 얼마나 알게 되었습니까?(4.0)
After taking the class, how much did you learn about Korean classical narratives?

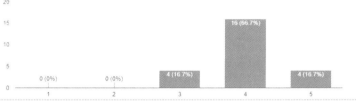

설문 6: Chat GPT를 활용한 리텔링 과정이 한국 고전 서사를 이해하는 데 얼마나 영향을 미칩니까?
How much does the retelling process using Chat GPT affect understanding Korean classical narratives?

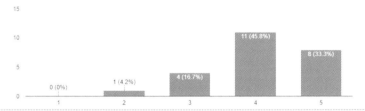

설문 7: Chat GPT를 활용한 리텔링 과정이 고전 서사 작품을 이해하는 데 도움이 됩니까?
Does the retelling process using Chat GPT help you understand classical narrative works?

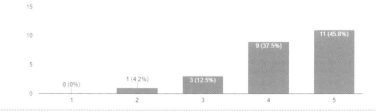

설문 8: 수업을 들은 후, 당신은 한국 고전 서사에 대해 얼마나 흥미가 생겼습니까?(4.33)
After taking the class, how interested did you become in Korean classical narratives?

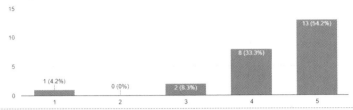

설문 9: Chat GPT를 활용한 리텔링 과정이 한국 고전 서사에 흥미를 느끼는데 얼마나 영향을 미칩니까?
How much does the retelling process using Chat GPT affect your interest in Korean classical narratives?

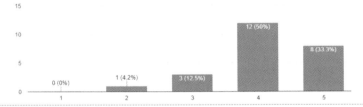

설문 10: Chat GPT를 활용한 리텔링 과정이 고전 서사 작품에 흥미를 느끼는데 도움이 됩니까?
Does the retelling process using Chat GPT help me get interested in classical narrative work?

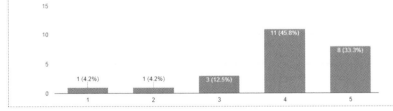

제3장 Chat GPT를 활용한 고전서사 리텔링 학습 사례

1. 서론

현재 고등교육에서 고전문학 교육은 민족문학 교육을 크게 벗어나지 않고 있다(김종철, 2018: 14~15). 민족문학 중심의 고전문학 교육은 텍스트에 대한 엄숙성, 훼손 불가능, 단일한 민족정신의 정수 등을 강조하기 때문에 학습자들이 고전문학을 다양한 해석이 가능한 문학으로 감상하기 어렵게 만든다(이명현, 2015: 142~143).

인공지능과 빅데이터 활용, 코로나19 이후 온라인 교육의 확대 등 대학교육 환경이 급격하게 변화하면서, 고전문학 교육에서도 기존의 지식 전수 모델이 아닌 새로운 방식과 수요를 창출할 수 있는 교육 모델의 필요성이 제기되고 있다(이정원, 2022: 57~59). 지식 전달에서 문제 해결 중심으로 고전문학 강의를 변화시키기 위해서는 실질적인 문제를 자기주도적으로 해결할 수 있는 창의적 과제 수행이 필요하다(이명현, 2020: 251).

2000년대 이후 기존의 고전문학 교육에 대한 반성과 창의적 교육 방안에 대한 다양한 논의가 진행되었다.[1] 최근에는 디지털 도구를 활용한 고전문학 교육 방안을 모색하는 시도가 적극적으로 이루어지고 있다.[2] 특히, 창의적 고전문학 교육을 위하여 고전서사 리텔링과 챗봇, 생성형 AI 등 디지털 도구를 융합하고자 하는 시도를 주목할 필요가 있다. 고전서사 리텔링은 학습자들이 자기주도적으로 고전문학을 해석하고, 실제로 이야기를 만드는 과정이기 때문에 최근 고전문학 교육에서 집중적으로 거론되는 방안이다. 리텔링 과정에 디지털 도구를 결합하는 것은 고전문학 교육과 과학 기술의 융합을 지향하면서, 새로운 창의성을 탐구하려는 시도이다.

  이 글에서는 창의적 고전문학 교육 방안으로 Chat GPT를 활용한

---

1) 한국고소설학회(2006), 『고전소설 교육의 과제와 방향』, 월인; 정병헌(2007), 「대학에서의 고전문학교육」, 『한국고전연구』 15, 한국고전연구학회, 5~26쪽; 고정희(2015), 「고전문학의 지속가능성과 고전문학 교육」, 『한국한문학연구』 57, 한국한문학회, 131~162쪽; 서유경(2017), 「고전소설교육 패러다임의 점검과 전망」, 『국어교육연구』 63, 국어교육학회, 87~112쪽; 이명현·유형동(2019), 「인공지능 시대에 고전문학을 활용한 창의적 표현 교육 방안 연구: 고전 서사 리텔링을 중심으로」, 『문화와 융합』 48, 한국문화융합학회, 655~686쪽; 최혜진(2019), 「역량기반 고전문학교육의 방법과 과제」, 『어문론총』 80, 한국문학언어학회, 101~124쪽; 박경주(2020), 「대학 고전문학교육의 현황과 그 방향성 모색」, 『고전문학과 교육』 45, 한국고전문학교육학회, 5~37쪽; 조희정(2021), 「팬데믹이 강제한 디지털 교육 환경 속 고전문학교육 장면 분석: 교육 공간/플랫폼의 확장을 중심으로」, 『고전문학과 교육』 47, 한국고전문학교육학회, 5~40쪽; 이정원(2022), 「고전문학 교육의 위기와 변화 방향」, 『국어국문학』 66, 국어국문학회, 29~69쪽; 정선희(2023), 「대학 전공교육으로서의 고전소설 수업 방안 연구」, 『한국고전연구』 61, 한국고전연구학회, 67~89쪽.
2) 권기성(2018), 「컴퓨터를 이용한 고전문학의 방법론적 전환과 전망」, 『인공지능인문학연구』 1, 중앙대학교 인문콘텐츠연구소, 9~29쪽; 김지우·이명현(2021), 「챗봇 빌더 기반의 〈홍길동전〉 챗봇 프로토타입 연구 개발: 고전소설과 컴퓨팅 사고의 융합 교육을 중심으로」, 『국제어문』 88, 국제어문학회, 47~81쪽; 강유진·이명현(2021), 「〈토끼전〉 챗봇 개발을 통한 고전소설과 컴퓨팅 사고의 융합: 오픈 소스 챗봇 플랫폼을 활용한 게이미피케이션 챗봇 개발을 중심으로」, 『우리문학연구』 70, 29~64쪽; 이승은(2022), 「국내외 디지털인문학 교육 사례와 고전문학 교육에의 시사점」, 『고전문학과 교육』 51, 한국고전문학교육학회, 5~40쪽.

고전서사 리텔링 학습 사례를 분석하고자 한다. 이를 위해 Chat GPT를 활용한 고전문학 학습 과정과 결과물을 분석하여 학습자의 이해도 상승과 사고 확장을 확인하고 그 효과를 드러내고자 한다. 이 글에서는 2023년도 1학기 중앙대학교 국어국문학과 〈고전서사 내러티브의 이해〉 과목에서 진행된 학생 팀 프로젝트 중 『삼국유사』〈수로부인조〉 리텔링을 학습 사례로 삼아 분석하기로 한다.

2장에서는 〈수로부인조〉 리텔링 학습자들이 리텔링 단계 설계에 따라 Chat GPT를 활용하는 과정을 정리하여 제시하고자 한다. 3장에서는 리텔링 학습자와 Chat GPT의 상호 작용과 리텔링 결과물을 분석하여 리텔링 학습자와 Chat GPT의 서사 공동체 형성 과정, 학습자의 자기주도적 리텔링 창작, 리텔링 결과물의 의의 등을 살펴보고자 한다. 4장에서는 고전서사 리텔링 동료 평가, 자체 평가, 수업 종료 후 심화 인터뷰 등을 통해서 리텔링 학습자의 학습 효과를 파악하고자 한다. 이러한 결과를 종합하여 생성 AI를 활용한 고전문학 융합 교육 방안에 대한 시사점을 제공하고자 한다.

2. Chat GPT를 활용한 고전서사 리텔링 설계

〈고전서사 내러티브의 이해〉 수업에서는 고전서사 리텔링을 위한 디지털 도구로 생성형 AI(Artificial Intelligence)인 Chat GPT를 활용하였다. Chat GPT는 학습 데이터와 처리 속도 등에서 이전보다 성능이 개선되었지만, 데이터 부족으로 인한 생성한 내용의 부정확성,3) 출처

---

3) 특히 한국어는 다른 언어에 비해 상대적으로 Chat GPT의 학습량이 적다. GPT-3가

의 모호함, 인간의 Chat GPT 의존성 및 기술적 불평등 등의 문제점이 제기되고 있다. 특히 Chat GPT의 한국어 데이터가 빈약하기 때문에 한국 고전문학에 대한 답변은 정확하지 않은 경우가 빈번하다.

Chat GPT의 부정확한 대답은 68쪽에서 설명했듯이 환각(hallucination) 혹은 인공 환각(artificial hallucination)이라고 한다. AI가 생성하는 사실이 아닌 완성된 진술은 정보 전달의 측면에서는 오류이지만, 서사적 측면에서는 허구적 서사물이라 할 수 있다. Chat GPT의 문장 생성 능력을 서사적 개연성으로 인정하여 인간의 상상력과 융합한다면 새로운 창의성을 만들어 낼 수 있을 것이다. 즉, Chat GPT의 부정확한 대답은 사실 여부를 판단해야 하는 지식 중심의 교육에는 적합하지 않지만, 고전서사 리텔링 등 상상력에 기반한 창의적 융합 교육에는 활용 가능성이 높다고 할 수 있다.

앞선 글에서 설명했듯 2023년 1학기 〈고전서사 내러티브의 이해〉수업에서는 Chat GPT의 환각에 주목하여 고전서사 리텔링 학생 프로젝트를 진행하였다. 〈고전서사 내러티브의 이해〉는 고전서사를 이야기로서 접근하여 서사학(Narratology)의 관점에서 고전서사를 문화적 담론(Ansgar & Vera, 조경식 외 역, 2018: 14~30)으로 이해하기 위하여 개설된 교과목이다.4) 이 과목에서는 어휘 해석, 작가 의도, 전통적 가치의 계승 등 기존의 지식 위주 고전문학 교육에서 벗어나

학습한 한국어 문서는 4만 9천여 개로 전체 문서의 0.02%에 불과하다(노대원, 「소설 쓰는 로봇: Chat GPT와 AI 생성 문학」, 『한국문예비평연구』 77, 한국현대문예비평학회, 2023, 11쪽).

4) 〈고전서사 내러티브의 이해〉 강의 목표는 다음과 같다. ① 서사학[Narratology]의 관점에서 고전서사 분석, ② 고전서사와 현재의 서사 전반을 서사학의 측면에서 연속적으로 이해, ③ 고전서사의 모티프, 유형 등을 서사학의 관점에서 대중서사와 연계하여 분석, ④ 서사학[Narratology]의 관점에서 고전서사의 현대적 계승에 대한 연구의 폭을 확대.

과거부터 현재까지 전승되면서 변화하는 이야기이자 문화적 담론으로 고전문학을 학습하고자 하였다.

이러한 강의 목표를 달성하기 위하여 2023년 1학기 수업에서 고전서사의 모티프, 유형, 장르 등 서사적 요소의 수용과 변이를 중심으로 한 고전서사 작품 이해와 학습자 중심의 고전서사 리텔링 프로젝트를 병행하였다. 한 학기 동안의 강의 진행은 〈그림 1〉과 같다.

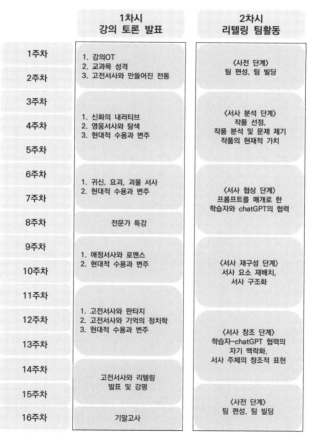

〈그림 1〉 〈고전서사 내러티브의 이해〉 16주차 강의 진행

〈고전서사 내러티브의 이해〉 강의 1차시에는 『삼국유사』, 『삼국사기』〈열전〉, 『수이전』 등을 주제별, 유형별로 감상하고 분석하였고 교수의 강의, 학습자의 질의와 교수의 답변을 중심으로 수업을 진행하였다. 강의 2차시는 1차시에 학습한 작품에 대한 조별 토론 및 발표, 단계별 리텔링 프로젝트 등 학습자 중심의 자기주도적 학습이 이루어졌다. 1차시와 2차시 수업은 병렬적으로 구성된 것이 아니라 2차시 수업이 1차시 수업의 내용을 심화, 확장하는 유기적 방식으로 이루어졌다.

고전서사 리텔링 프로젝트의 1~2주차는 사전 단계로 팀편성, 팀빌딩 활동 및 프롬프트 입력 가이드를 학습하였고, 3~14주차에 걸쳐 '서사 분석 단계 → 서사 경합 단계 → 서사 협상 단계 → 서사 창조 단계'를 순차적으로 수행해 학습자와 Chat GPT가 상호 작용하도록 하였다. 15~16주차는 최종 단계로 팀별 리텔링 결과물을 발표하고 동료 질의 및 평가와 교수 피드백 후 최종본을 제출하는 것으로 마무리하였다. 자세한 강의 계획과 리텔링 팀 프로젝트의 주요 단계는 72쪽, 74쪽에서 각각 확인할 수 있다.

학습자는 '서사 분석 단계'에서 고전문학 작품과 리텔링에 대하여 전반적인 계획을 구상한다. 이 단계에서는 작품 선정, 작품의 서사 분석 및 문제 제기, 작품의 현재적 가치에 대한 탐구, 스토리텔링 방향 설정 등이 이루어진다. 학습자는 리텔링 대상 작품을 선정하고, 작품의 서사 분석을 바탕으로 리텔링 방향을 고민한다. 학습자는 작품 분석 과정에서 제기된 문제 의식에 근거하여 원작의 리텔링 요소를 정리하고, 구체적인 스토리텔링 방안을 설계한다.

학습자는 '서사 분석 단계'를 거친 후, Chat GPT와의 협업 과정인 '서사 경합 단계'를 진행한다. 서사 경합5)에서 학습자는 프롬프트 입력 가이드를 바탕으로 고전문학 작품 분석 내용을 프롬프트에 작성하고, Chat GPT가 생성한 선택지를 제안받는다. 학습자는 Chat GPT의 제안을 선택하고, 다시 프롬프트를 작성하는 것을 반복한다. 이 과정에서 Chat GPT는 서사적 가능성을 학습자와 함께 고민하고, 축적된 데이터를 바탕으로 학습자의 상상력을 확장하는 데 기여한다. 이때 프롬프트가 중요한 역할을 한다. 프롬프트는 단순히 인간이 의도하는 학습 데이터를 채팅창에 '복사-붙여넣기'한 것이 아니라, 인간의 명령어와 기계학습 데이터(단지 통계 데이터가 아닌 자연어를 분해하고 재귀적으로 강화된 거대언어모델)가 만나 인간과 소통 가능한 어떤 의미를 생성(김현준, 2023: 107)하기 때문이다.

이 단계에서 학습자가 프롬프트를 매개로 Chat GPT와 대화하면서 새로운 의미의 텍스트를 생성한다. 이것은 우연적이고 돌발적인 두 세계가 하나의 질서화된 세계를 구축하는 과정이면서 프롬프트를 매개로 데이터가 서사로 전환되는 과정이다.6) 그러나 상호 작용의 과정에서 학습자의 기대 지평이 Chat GPT에 정확하게 반영되지는 않는다. 생성형 AI는 축적된 빅데이터를 기반으로 질문에 답변하기 때문이다. 학습자가 해석한 텍스트와 기계가 정보를 처리한 데이터는 차이가 발생할 수밖에 없다. 그래서 학습자는 이 단계에서 Chat GPT와의 간격을 좁히기 위해 프롬프트의 입력과 수정을 반복하게

---

5) 서사 경합과 서사 협상은 H. 포터 애벗의 『서사학 강의』에서 제시한 서사의 경합과 서사의 협상을 참조한 용어이다. 이 글에서는 서사 경합을 확정되지 않은 여러 서사적 가능성의 공존을 의미하는 용어로 정의하고(Abbott, 우찬제 역, 2010: 333~403 참조) 서사 협상은 공존하는 여러 서사적 가능성 중 서사 창조의 단계로 나아가기 위한 하나의 서사를 결정해 나가는 과정으로 정의한다.

6) 프롬프트를 매개로 데이터가 서사로 전환되는 과정은 2023년 5월 26일 한국디지털인문협회 주최 학술 심포지엄 발표문 '김지우·이명현, 「Chat GPT와 고전서사 스토리텔링: 단군신화 리텔링 과정을 중심으로」(4~5쪽)'을 참조하였다.

되고, 이로써 여러 서사적 가능성이 제시된다. 이 지속적인 상호 작용 안에서 학습자의 지식과 판단은 Chat GPT의 데이터와 만나 하나의 새로운 허구적 서사물로 완성되는 과정을 거친다.

먼저, 학습자는 '서사 협상 단계'에서 Chat GPT와 협업해 만들어낸 여러 서사 요소를 기반으로 전체 스토리를 고려하여 하나의 서사를 재구성한다. '서사 협상 단계'는 '서사 창조'를 위해서 경합 중인 서사적 가능성을 Chat GPT와 협상하며 정리된 하나의 스토리로 재구성하는 단계이다. 학습자와 Chat GPT의 공동 작업은 무한한 서사적 가능성을 제시하는 과정이며, 이 공동 작업 속에서 적극적인 의미 교환이 발생한다. 교환 과정에서 만들어진 새로운 의미를 완결된 서사로 재구성하는 과정에서 학습자는 Chat GPT와 함께 하나의 스토리를 생성해낸다.

이어 학습자는 '서사 창조 단계'에서는 '서사 분석 단계'에서 구상한 스토리텔링 방안을 고려하여 최종적인 서사 창조를 진행한다. 인간 사용자와 Chat GPT는 서사 공동체로서 하나의 스토리로 제시된 협업의 과정의 결과물을 '나'의 이야기로 자기화한다. 이는 스토리를 재배열하여 인과를 형성하는 작업이면서 동시에 선형적 스토리가 구체적이고 개별적인 맥락을 부여받아 플롯으로서 구성되는 작업이기도 하다. 자기 맥락화를 거쳐 하나의 완결된 서사가 독특하고 고유한 구성과 문체를 통해 완성된다. 이는 자기화를 통한 서사 이해 과정을 '새로운 텍스트의 창작'이라는 적극적인 행위로 보여준다.

학습자와 Chat GPT는 서사 공동체를 형성하고, 생성형 AI에 축적된 데이터를 바탕으로 제시된 서사와 학습자들이 가진 지식과 판단이 끊임없이 서사적 의미를 교환한다. 상호 영향 속에서 새로운 의미가 만들어지고, 이것이 하나의 완결된 새로운 서사로 표현된다. 이 새로운 서사는 처음부터 완벽한 서사로 만들어지지 않는다. 목표한 설정에 가까워지기 위해 끊임없이 새로 쓰이며 재구성의 과정을 거친 뒤에 완성된 서사가 될 수 있기 때문이다.[7] 이러한 융합의 과정은 다음 장에서 학습자들이 진행한 Chat GPT 활용 과정을 분석하여 자세히 논의하고자 한다.

3. 학습자와 Chat GPT의 상호 작용을 통한 고전서사 리텔링

이 장에서는 5조(이후 리텔링 학습자로 표기)를 대상으로 고전서사 리텔링 과정과 리텔링 결과물을 분석하고자 한다. 리텔링 학습자는 『삼국유사』〈수로부인조〉를 소재로 웹소설 리텔링을 목표로 하였다. 리텔링 학습자는 Chat GPT와 상호 작용하면서 '서사 협상'과 '재구성 단계'를 반복하면서 창의적인 리텔링을 수행하였다. 이를 단계별로 정리하면 다음과 같다. 이때 서사 분석에서부터 서사 창조로 이어지는 단계는 앞서 설명했듯 개별적이고 선형적인 각각의 단계가 아니라 리텔링 과정에서 동시적으로 이루어진다. 경합과 협상 속에서 다시 서사를 분석해야 할 필요를 느끼기도 하고, 협상의 결과가 아쉽다면 추가적인 경합을 통해 새로운 서사적 가능성을 확인하기도 한다. 다만 사례 분석에서는 보다 명료한 설명을 위해 단계를 나누어 설명한다는 점을 강조하고자 한다.

---

7) 학습자와 Chat GPT의 반복된 서사 창작의 원리는 이인화의 스토리텔링 분석에서 서사 창작은 높은 수준의 미학적 재현과 사상적 소통을 이룩한 상태를 목표로 계속해서 재창작되고 각색된다는 논의에서 착안하였다(이인화, 2014: 36~37 참조).

〈표 2〉 리텔링 학습자의 단계별 주요 내용

구분	주요 활동
사전 준비	팀 편성 및 팀 빌딩 활동, Chat GPT 프롬프트 특성 이해
리텔링 작품 선정 및 서사 분석	• 선정 이유: 수로부인 행적의 모호함, 해석의 다양성, 기이한 사건과 환상적 공간 • 리텔링을 위한 작품 분석: 서사적 개방성, 인물 행위의 개연성 설명 부족, 수동적인 여성상 • 리텔링 기획: 수로를 중심으로 한 로맨스 서사, 개연성과 환상성을 가진 웹소설
서사 경합 및 서사 협상	• Chat GPT와 상황 설정 진행: 등장인물, 주요 사건, 공간의 성격 • Chat GPT를 활용한 리텔링 설정: 육지와 바다의 갈등, 수로의 탄생, 수로 부모님의 만남 계기, 수로가 육지에 간 이유 등 • 프롬프트 입력을 위한 기본 서사 설정: 수로의 탄생 과정 → 육지와 바다의 갈등 → 수로의 갈등 해결 → 행복한 결말 • Chat GPT와의 협업: 프롬프트 작성 및 입력, Chat GPT 제안 선택, 협업 과정 반복 수행 • 기본 서사와 추가된 스토리텔링 재구성: 만남과 헤어짐의 이유, 갈등 원인 등에 대한 협상과 재구성 반복
서사 창조	학습자의 리텔링 기획 의도에 맞춰 상황 설정, 기본 서사, 재구성 스토리텔링 등을 종합하여 리텔링 창작 진행: 〈해련수로가〉 완성
최종 단계	발표 및 평가: PPT 프리젠테이션, 동료의 발표 평가, 자유 토론 및 동료 피드백, 교수 강평, 질의, 강평을 반영한 최종 보고서 제출

　　리텔링 학습자는 '서사 분석 단계'에서 〈수로부인조〉를 리텔링 대상 작품으로 선정하였다. 리텔링 학습자들은 〈수로부인조〉의 수동적 여성에 대한 서사적 반론을 제기하고 하였다. 이 작품의 인물과 사건이 상징적이고, 다양한 해석이 가능하기 때문에 리텔링 학습자들은 자신들의 관점으로 새로운 이야기를 창작할 수 있다고 판단하였다.
　　학습자는 고전문학 작품을 읽으며 서사의 비어 있는 부분을 파악한 동시에 적극적 전환의 가능성[8]을 본 것이다. 이는 고전문학이 기억의 전승 과정에서 생략된 공간에 대한 형상이 특정화되어 있지 않기

---

8) 학습자는 리텔링을 위해 고전소설을 자신의 관점에서 다시 이야기하기 위해서는 익숙한 내용을 당연한 것으로 받아들이는 것을 의심하고, 낯선 부분은 왜 그동안 주목하지 않았는지 성찰해야 한다(이명현, 2015: 148).

때문에 '열린 담화'로 새로운 이야기를 생성하기에 유리하다는 점(강명주, 2019: 90~91)을 학습자 스스로 파악한 것이다. 학습자는 자기주도적인 학습을 통해 고전문학이 가진 리텔링 소재로서의 장점을 찾은 것이다. 그리고 이것은 학습자가 리텔링에서 고전문학 작품이 가지는 장점을 인지한 것이라 할 수 있다. 전문적인 작가가 아닌 학습자들이 문학작품을 리텔링하기 위해서는 익숙한 이야기이면서 재해석의 여지가 충분한 작품이어야 하기 때문이다(이명현, 2015: 141).

학습자는 〈수로부인조〉를 분석한 후 환상성, 여성의 주도성, 개연성에 초점을 맞추어 웹소설 창작을 기획하였다. 이는 원작에서 드러나지 않았던 수로의 이야기를 서사의 전면에 배치하여 현대적 시각이 반영된 여성 주인공을 창조하고자 한 것이다. 원작의 수로는 수동적 인물이라 판단하여 리텔링에서는 수로에게 갈등 해결의 주도적인 역할과 능력을 부여하고자 하였다.

리텔링 학습자는 개연성 확보를 위하여 다양한 등장인물(수로의 어머니와 아버지, 수로, 순정공, 노인 등)과 신라와 강릉이라는 시대적·지리적 상황의 제시 등 구체적인 설정을 진행하였다. 그리고 수로와 용의 관계를 바탕으로 해인(海人)과 지인(地人)이라는 판타지 세계관을 구상하였고, 서구 판타지와 구분되는 동양 판타지를 창작하고자 하였다.

리텔링 학습자는 '서사 분석 단계'에서 리텔링 방향을 확정하고, '서사 경합 단계'와 '서사 협상 단계'에서 Chat GPT를 활용하여 리텔링 장르, 상황 설정과 기본 서사 설정과 스토리 결정 과정을 진행하였다. 서사 분석 이후 리텔링 학습자들은 Chat GPT에게 서사 정보를 제공하고 세계관 설정, 등장인물, 주요 사건, 공간의 성격 등을 작성할 것을 요청하였고, 이러한 의미 교환을 통해 제시된 여러 서사적

가능성 중 자신들의 기획 의도에 따라 어느 방향으로 서사를 발전시
킬지 고민하였다.

⟨표 3⟩ 학습자의 입력 프롬프트와 Chat GPT의 제안

구분	프롬프트[9]	답변
서사 경합 및 서사 협상	나는 지금부터 동양 판타지 장르로 소설을 쓸 거야. 내가 질문을 하면 질문에 대한 답을 해주되, 이야기의 결말까지 제시해서는 안 돼. 이 세계는 육지와 바다로 나누어져 있고, 육지 사람은 육지에서 살고 바다 사람은 바닷속에서 살아. (…중략…) 주인공의 이름은 '수로'고, 육지 사람과 바다 사람 사이에서 태어난 혼혈이야. 수로는 혼혈이라는 특성 때문에 육지에서도 살 수 있고, 바닷속에서도 살 수 있어. 수로는 혼혈로서 어떤 물리적으로 특별한 능력을 가질 수 있을까? 이 능력은 육지 사람과 바다 사람이 교류할 수 있게 만드는 핵심 장치야. 수로의 능력에 대해 3가지 제시해줘	수로라는 혼혈 캐릭터의 특별한 능력에 대해 세 가지 제안을 해드릴게요. 수로는 생물을 자유롭게 변화시킬 수 있는 능력을 가지고 있습니다. (…후략…) 수로는 물 속에서 생명체의 기억과 감정을 읽을 수 있는 능력을 가지고 있습니다. (…후략…) 수로는 물속에서 특정한 물질을 조작하고 제어할 수 있는 능력을 가지고 있습니다. (…후략…)

　　해당 사례에서 리텔링 학습자와 Chat GPT가 서사적 가능성을 확
장하는 방식은 '학습자의 프롬프트 작성 및 입력-Chat GPT의 제안-
학습자의 선택과 재확인'으로 이루어졌다. 학습자가 프롬프트를 작
성하고 이를 입력하는 과정에서 원작 텍스트와 달리 학습자가 새롭
게 부여한 의미가 생성된다. 학습자가 새롭게 부여한 의미가 프롬프
트를 통해 Chat GPT에게 전달되고, Chat GPT는 이를 축적된 데이터
를 기반으로 받아들이면서 서사 공동체가 공유하는 동일한 기호가
다른 의미로 해석될 가능성 속에 놓인다. Chat GPT가 자신이 새롭게
부여한 의미를 제안으로서 학습자에게 제시하면 다시 학습자는 이

---

9) 프롬프트 전체 내용은 분량의 문제로 본문에서 제시할 수 없다. 다음의 Chat GPT 공유
　링크에서 확인하기 바란다(https://chat.openai.com/share/0613d314-77da-471f-8f80-9b
　408cdb0b5e).

를 검토하여 자신이 부여한 의미와 견주고 이를 받아들이거나 조정하는 과정을 거치게 된다.

〈표 3〉에서 제시한 것은 학습자가 기본적인 상황 설정을 위해 Chat GPT에게 처음 입력한 프롬프트다. 학습자는 프롬프트에 Chat GPT의 역할과 리텔링 프로젝트를 진행하기 위한 상황 설정을 포함하여 입력하였다. 학습자는 프롬프트를 통해 Chat GPT에게 동양 판타지 소설이라는 장르를 설정하였고, Chat GPT에게 결말을 내지 말 것, 세 가지 답변을 제시할 것이라는 역할과 수행 범위를 규정하였다. 이는 프롬프트 작성을 통해 Chat GPT의 기반 데이터를 구축하면서 앞으로 적합한 답변을 제안받기 위한 것이다.

Chat GPT는 경합의 과정으로서 프롬프트의 입력에 따라 세 가지 답변을 학습자에게 제안하였다. 학습자는 협상의 과정으로서 Chat GPT의 세 가지 제안 중 마지막 제안을 선택하였다. 첫 번째, 두 번째 답변이 의도에서 벗어났고10) 기획에 맞는 동양 판타지 서사를 창작하는 것에 마지막 답변이 가장 적합하다고 판단했기 때문이다. 첫 프롬프트에서 학습자와 Chat GPT의 협상은 학습자가 두 가지 제안을 소거하고 남은 하나를 선택하는 것으로 이루어졌다. 첫 프롬프트에서 학습자와 Chat GPT의 협업은 학습자가 중심이 되어 설정에 대한 아이디어를 선택하는 방식으로 진행되었다. 리텔링 학습자와 Chat GPT는 상호 작용하면서 리텔링 서사를 구축하고, 서사 경합과 협상을 반복하면서 서사 공동체를 형성하였다.

리텔링 학습자는 다음 단계에서 기본적인 상황 설정을 바탕으로

---

10) Chat GPT가 제안한 첫 번째, 두 번째 대답은 디즈니 애니메이션 〈인어공주〉의 인어공주가 가진 능력을 떠오르게 하며 학습자들이 원한 창의적이고 새로운 선택지로 볼 수 없었다.

Chat GPT와 협업하여 서사 전개를 구성하였다. 리텔링 학습자는 기본적인 서사 전개를 구축하기 위해 아래의 방식처럼 프롬프트를 입력하였다. 학습자는 Chat GPT와의 대화 속에서 제안된 여러 서사적 가능성을 무조건적으로 수용하기보다 교환된 의미를 점검하고 판단하며 협상을 통해 서사화하였다.

〈표 4〉 학습자의 입력 프롬프트와 Chat GPT의 제안

구분	프롬프트	Chat GPT 제안	학습자의 선택 설정
서사 경합 및 서사 협상	(…전략…) 수로부인은 바다 세계 사람과 육지 세계 사람 사이에서 태어난 반인반수인 인물이야. 그런데 이러한 출생에도 불구하고 수로부인은 통일신라 귀족인 순정공과 결혼하여 육지세계에서 살아가게 되었는데, 그 이유를 어떻게 설정하면 좋을까?	"(…전략…) 바다의 신이나 신수는 육지 세계의 인간과 사랑에 빠져서 서로 만난 것일 수 있습니다. 이 사랑은 두 세계 간의 경계를 넘어선 독특한 연결이었고, 수로부인은 그 사랑의 결과로 태어났습니다."	① 우연한 계기로 바다인과 육지인이 만나 수로부인이 탄생함 ② 수로의 아버지는 바다의 귀족이며 바다를 떠나면 바다의 기억이 흐릿해지고 수로가 사라진 바다인들은 수로를 찾게 됨 ③ 수로를 찾기 위해 바다인이 육지인을 납치하고 이를 해결하기 위해 순정공이 강릉으로 가게 되면서 수로부인도 강릉으로 가게 됨.
	수로부인의 부모 중 한 명은 바다의 신이나 신수로, 다른 한 명은 육지의 인간이었다. (…중략…) 바다의 사람과 육지의 사람은 어떠한 계기로 만나게 되어 사랑에 빠지게 되었을까? (…후략…)	"(…전략…) 예를 들어, 바다 세계의 사람이 실수로 육지로 나와 바다에서 먼저 인간의 존재를 발견할 수 있습니다. (…후략…)"	

리텔링 학습자는 Chat GPT와 지속적으로 서사 경합과 협상을 진행하여 리텔링 서사를 재구성하였고, 아래와 같이 기본 서사 전개를 설정하였다.

① 수로부인 어머니와 수로부인 아버지가 만나서 수로부인을 낳는다.
② 수로부인 어머니와 사별한 뒤, 수로부인 아버지와 수로는 바닷속에서 살게 된다.
③ 수로와 아버지는 바닷속에서 살았지만, 수로가 육지에 혼자 나가고

기억을 잃게 된다.

④ 홀로 남은 수로부인은 왕비에게 거두어지지만, 아버지는 계속 수로부인을 찾는다.

⑤ 수로부인이 순정공과 결혼하지만, 바다 세계에서는 부인을 찾느라 지인들을 납치한다.

⑥ 순정공과 수로부인이 강릉 납치 사건을 해결하기 위해 강릉으로 이동한다.

⑦ 수로부인이 강릉 납치 사건의 전말을 알게 되고 기억을 회복한다.

⑧ 수로부인이 강릉 납치 사건이 해결함으로써 바다와 육지의 영웅이 된다.

이후 서사 경합과 협상을 통해 기본 서사 전개를 구성한 이후에는 구체적인 사건의 내용을 채우기 위해 다시 경합과 협상의 과정을 반복하였다. 학습자는 Chat GPT와의 협업을 통해 수로가 가진 특별한 능력, 수로의 어머니와 아버지 만남의 계기, 수로와 아버지가 헤어진 이유, 바다인에게 납치되는 수로와 〈헌화가〉에 숨겨진 이야기, 바다와 육지의 전쟁을 막는 수로, 새롭게 재해석된 〈해가〉, 수로의 성격 등을 리텔링하였다.

학습자와 Chat GPT의 협업 과정에서 Chat GPT의 제안이 학습자가 추구하는 방향과 다른 경우가 발생하기도 하였다. 이는 의미를 교환하는 과정에서 양자가 구성하고 이해한 의미가 뚜렷한 간극을 형성하고 있음을 나타낸다. 이러한 문제를 해결하기 위하여 학습자는 하나의 프롬프트를 반복하며 새로운 서사적 가능성을 적극적으로 탐색하고 이를 통해 원하는 협상의 방향으로 결과를 이끌어낸다. 이때 학습자의 프롬프트 작성과 수정의 반복에서는 '텍스트 생산을 목적으로 하는 읽기(reading to write)'(권태현, 2023: 154)가 이루어진다. 학습자는 텍스트 생산을 목적으로 프롬프트를 읽으며 이 과정에서 원작에 대한 이해와 Chat GPT와의 대화를 위한 비판적 문식성을 함양하게 된다. 수정 프롬프트의 구체적인 사례는 〈표 5〉와 같이 정리할 수 있다.

〈표 5〉 학습자의 Chat GPT 프롬프트 수정 사항

구분	프롬프트 수정 전	프롬프트 1차 수정	프롬프트 2차 수정	프롬프트 3차 수정
서사 경합 및 서사 협상	3번이 좋겠어. 시대적 배경은 통일신라고, 공간적 배경은 대한민국 강릉의 바다가 마을이야. 여기에서 육지 사람인 수로 어머니와 바다 사람인 수로 아버지가 만나게 돼, 둘은 어떻게 만나서 사랑을 키우고 수로를 낳았을지 세 가지 플롯을 제시해줘.	(…전략…) 여기에서 육지 사람인 수로 어머니와 바다 사람인 수로 아버지가 만나게 돼. 둘은 어떻게 만나서 사랑을 키우고 수로를 낳았을지 만남의 계기를 세 가지 플롯으로 제시해줘	(…전략…) 수로의 어머니는 육지에서 평범하게 살아가는 여성이고, 수로의 아버지는 바다속 세계의 왕족인 남성이야. 강릉의 바닷가에서 수로 어머니와 수로 아버지가 만나게 돼. 둘은 어떻게 만났을지 만남의 계기를 세 가지 플롯으로 제시해줘.	(…전략…) 수로의 어머니는 육지의 해녀고, 수로의 아버지는 바닷속 세계의 왕족인 남성이야. 강릉의 바닷가에서 수로 어머니와 수로 아버지가 만나게 돼. 둘은 어떻게 만났을지 만남의 계기를 세 가지 플롯으로 제시해줘.
		수정 사항		
		프롬프트에 구체적인 서술의 추가		프롬프트의 간략화

학습자는 첫 프롬프트를 4회 재입력하였으나 만족할 만한 협상 결과를 만들어내지 못하여 다시 프롬프트 수정을 통한 서사 경합의 단계를 진행하였다. 첫 번째, 두 번째 수정에서 학습자는 구체적으로 프롬프트를 서술하는 방식으로 보완하였으나 리텔링 방향에 맞는 서사적 가능성을 발견하지 못했다. 이후 프롬프트를 간략화해 재구조하였음에도 불구하고 협업을 통해 발견한 서사적 가능성은 학습자의 의도에 가까워지지 못하였다. 몇 차례의 프롬프트 수정을 거친 뒤에야 학습자와 Chat GPT는 리텔링 방향과 의도에 부합하는 서사

적 가능성을 발견하고 다음 프롬프트로 넘어갈 수 있었다.

학습자는 단계별로 Chat GPT의 제안이 학습자가 원하는 협상 결과로 나아갈 수 있도록 Chat GPT의 프롬프트 이해 정도와 내용을 재확인하며, 의미 교환 과정에서 발생하는 의미의 격차를 줄이고자 하였다. 수정을 거쳐 선택된 프롬프트와 Chat GPT에 입력한 재확인 프롬프트를 아래에 정리하여 제시하였다.

〈표 6〉 학습자의 프롬프트 입력 및 확인

구분	프롬프트	답변
서사 경합 및 서사 협상	3번이 좋겠어. 이 이야기의 배경은 대한민국 강릉의 바닷가 마을이야. (…중략…) 둘은 어떻게 만났을지를 수로의 아버지가 바닷속에서 육지로 나오게 된 계기와 관련하여 간단하게 세가지 플롯으로 제시해줘.	수로의 어머니와 아버지가 만나게 되는 세 가지 플롯 아이디어를 제시해드릴게요. • 폭풍우와 신비한 해류: (…전략…) 두 세계를 연결하는 열쇠가 되어 수로의 어머니와 아버지가 만나게 됩니다. • 마법의 유산과 예언: (…전략…) 유산과 예언의 힘을 통해 수로의 어머니와 운명적으로 만나는 것입니다. • 신비한 해초의 비밀과 발견: (…전략…) 해초의 비밀을 통해 육지로 들어와 수로의 어머니와 마주칩니다.
	1번을 활용해서, (…중략…) 둘은 사랑에 빠졌고 수로는 태어나게 돼. 이해했어?	네, 이해했습니다! (…후략…)

'서사 협상 단계'에서는 프롬프트의 수정과 재입력을 통해서 학습자의 기대 지평을 반영한 의미(프롬프트)와 이를 기계학습 데이터에 기반해 재인식한 의미(Chat GPT의 제안) 간의 접점과 타협이 나타난다. 수정과 입력을 통한 서사적 가능성의 탐색 그리고 학습자와 Chat GPT의 협상이 재귀적으로 반복되면서 처음에 멀리 존재했던 두 개의 텍스트가 점차 가까워지고 하나의 텍스트로 융합되는 과정을 보여준다.

‘서사 창조 단계’에서 리텔링 학습자들은 기본 서사 전개와 Chat GPT 협상한 리텔링 서사 요소를 재구성하면서 〈해련수로가〉를 창작하였다. 〈해련수로가〉의 창작에는 원작의 서사 전개보다는 학습자의 기획 의도가 중요하게 고려되었다. 그러나 기본 서사 전개 ⑥, ⑦에서 노옹이 수로에게 꽃을 꺾어다 바치며 부른 〈헌화가〉 리텔링이 제시되고, ⑧에서 모든 사건이 해결되면서 〈해가〉가 불리는 방식으로 원작과의 관련성을 강조했다.

〈해련수로가〉 리텔링 과정은 학습자가 고전문학을 지식의 대상이 아니라 자유로운 해석과 창의력을 발휘할 수 있는 이야기로 인식하였음을 보여준다. Chat GPT를 활용한 고전서사 리텔링은 학습자에게 원작에 대한 이해를 선행하도록 하지만 고전문학에 대해 엄숙성을 요구하지 않았기 때문이다. 이러한 상황에서 학습자의 자기주도적인 해석과 창의성이 〈해련수로가〉의 창작에서 발휘된 것으로 볼 수 있다.

고전문학을 읽고 다시 쓰는 리텔링은 학습자와 고전문학의 대화 과정이자, 자기를 표현하기 위해 고전문학의 규약과 관습을 수용, 해체, 변형하는 새로운 창조라 할 수 있다(이명현, 2015: 154). 리텔링 학습자의 〈해련수로가〉 창작은 고전문학 리텔링이 Chat GPT라는 유용한 서사 창작 장치를 만나 새로운 방식의 서사 창작을 제시한 것이고, 서사 향유자가 창작자가 될 가능성을 보여주는 것이다.

4. Chat GPT를 활용한 고전서사 리텔링 학습 효과

앞에서 고전서사 리텔링에 Chat GPT를 활용하는 방안과 실제 학습자가 Chat GPT와 상호 작용하는 학습 사례를 살펴보았다. 여기에서는 Chat GPT를 활용한 고전서사 리텔링 학습 효과와 학습방안의 가치를 살펴보고자 한다.

〈고전서사 내러티브의 이해〉에서 평가와 설문은 ① 동료 평가,[11] ② 자체 평가, ③ 팀원 상호 평가, ④ 전체 설문, ⑤ 심화 인터뷰 등 다양한 방식으로 진행되었다.[12] 동료 평가는 리텔링 발표 후에 동료 학생들이 발표조를 평가한 것이고,[13] 자체 평가는 학생 개개인이 자신의 팀 프로젝트 활동 참여에 대한 평가이고, 팀원 상호 평가는 팀 프로젝트 구성원 상호 간 평가이다. 전체 설문은 교수자가 전체 학생을 대상으로 Chat GPT를 활용한 리텔링 학습을 설문한 것이고, 심화 인터뷰는 연구 참여진이 5조 리텔링 학습자들 대상으로 진행한 것이다.

리텔링 학습자의 발표는 동료 평가에서 평균 4.08점의 우수한 평가를 받았다.[14] 동료 평가자들은 '원전 고전서사의 이해 정도', '사전 조사와 자료 준비 정도' 항목에 높은 점수를 부여하였고, 발표 장점

---

11) 동료 평가는 팀워크와 능동적인 학습 태도를 향상시키고, 피드백을 통한 메타인지가 이루어지는 교육적 효과가 있다(박정애·박주용, 2019: 176~177 참조).

12) 설문 및 평가의 결과가 연구자의 연구 자료로 활용될 수 있음을 공지해 연구 윤리를 준수한 자료 수집이 이루어졌다.

13) 〈해린수로가〉 동료 평가는 총 26명의 학생 중 팀원 4명을 제외한 22명의 학생이 참여하였으며 평가자는 발표에 대해 리커트 5점 척도(1점: 전혀 아니다, 5점: 매우 그렇다)를 사용하여 평가하였다.

14) 〈해린수로가〉 평가 결과는 다음과 같다. 사전 조사와 자료 준비 정도(4.3), 원전 고전서사의 이해 정도(4.4), 스토리텔링 기획의 독창성과 참신성(3.9), 스토리텔링 내용의 충실성(4.0), Chat GPT와의 협업과 활동 정도(4.0), 발표조의 의도와 완성된 스토리텔링의 대응 정도(4.0), 스토리텔링의 현대적 가치와 새로운 주제의식(3.6), 발표 태도 및 자세(4.2)

으로 독창적인 기획 의도, Chat GPT의 적절한 활용, Chat GPT와의 협업 과정 등이라고 평가하였다.15) 이상의 평가를 종합해 보았을 때 학습자의 리텔링 과정과 결과물이 동료 학습자의 인정을 받을 정도의 수준에 도달했음을 확인할 수 있었다.

자체 평가와 팀원 상호 평가는 팀 프로젝트 참여도 및 자신의 기여 도를 평가한 것이다. 교수자가 팀 프로젝트 전 과정을 세세히 살펴볼 수 없기 때문에 다면평가 방식을 적용하여 학습자의 참여를 유도하 고, 자기주도적인 학습을 요구한 것이다. 각 평가에서 나타난 학습자 들의 답변을 바탕으로 리텔링 과정이 가진 학습 효과를 유추할 수는 있었으나, 이를 구체적으로 확인하기 위하여 전체 수강생을 대상으 로 주관식 설문을 실시하였고, 5조 리텔링 학습자들은 추가로 심화 인터뷰를 진행하였다. 전체 설문의 문항과 심화 인터뷰의 질문 내용 은 〈표 7〉과 같다.

〈표 7〉 전체 설문 및 '5조' 심화 인터뷰 질문

구분	질문 내용
전체 설문	① Chat GPT를 활용한 수업과 일반 강의의 차이점은 무엇이라고 생각합니까? ② 리텔링 발표를 수행하면서 Chat GPT를 어떻게 활용했는지 방법을 구체적으로 　작성해 주세요. ③ 일반적으로 학습한 다른 작품과 비교했을 때, Chat GPT로 고전서사를 이해하는 　방식의 장점은 무엇입니까? ④ 일반적으로 학습한 다른 작품과 비교했을 때, Chat GPT로 고전서사를 이해하는 　방식의 단점은 무엇입니까? ⑤ Chat GPT를 통해 고전서사를 이해하는 과정에서 이해가 심화되었다면, 어떤 　측면에서 심화되었습니까? ⑥ Chat GPT를 통해 고전서사를 이해하는 과정에서 가장 어려움을 느낀 부분은 　무엇입니까?

---

15) 동료 평가자들이 단점으로 지적한 내용은 대체로 견해 차이로 발생하였다. 주요 내용은 리텔링된 수로가 주도적 여성인가 아닌가, 리텔링 서사가 독창적인가 아닌가, 원작 수용 과 Chat GPT 활용이 적절한 수준인가 등이다.

구분	질문 내용
심화 인터뷰	① 보고서에는 없으나 〈수로부인조〉 및 리텔링 텍스트에 대해 이야기하고 싶은 부분은 무엇이었나요? ② 이번 팀플을 진행하면서 고전소설에 대한 생각이 바뀐 부분이 있었나요? 아니면 몰랐던 부분을 알게 된 점이 있었나요? ③ 생성 AI에 대한 인식이 팀플 전후로 어떻게 변화하게 되었나요? ④ 리텔링은 원텍스트에서 어떤 부분에 집중하고자 하였나요? ⑤ 이번 팀플은 창작을 위한 독서 행위 같았나요? 아니면 창작을 통한 독서 행위 같았나요? ⑥ 텍스트를 읽는다는 것은 무엇을 의미할까요?

전체 설문 항목은 자기주도 학습 효과, 고전문학 이해, Chat GPT 활용, 리텔링 프로젝트의 효과 및 한계 등을 고려해 구성하였다. 심화 인터뷰 질문은 리텔링 팀 프로젝트에 대한 학습자의 인식이 구체적으로 드러날 수 있도록 구성하였다. Chat GPT를 활용한 고전서사 리텔링 전체 설문은 2023년 6월 13일부터 18일까지 실시하였고,[16] 심화 인터뷰는 5조 리텔링 학습자를 대상으로 2023년 8월 5일에 개별 질의응답 방식으로 진행하였다.

〈표 8〉 Chat GPT 활용 리텔링 학습 효과에 관한 설문과 답변

질문	학습자 답변	학습 효과
전체 설문①	답변자 A: Chat GPT를 활용한 수업은 교수가 기본적인 내용을 교육하고 (…중략…) 능동적인 참여가 요구되는 수업이었다. 답변자 B: (…전략…) gpt의 특성을 익힐 수 있었다. gpt와의 협업과정을 통해 고전서사를 리텔링하면서 원전에 대해서도 많이 고민할 수 있는 기회였다. 답변자 C: Chat GPT를 보조작가로 활용하기 위해서는 하나부터 열까지 AI에게 정보를 제공해야 하는 과정이 선행되어야 했는데, (…중략…) 학생들로 하여금 더 많은 생각과 노력을 하도록 요구한다는 점이 차이라고 할 수 있겠다.	자기주도적 학습

---

16) 이 설문의 결과는 앞의 글에서 통계적으로 분석하여 제시하였다.

질문	학습자 답변	학습 효과
전체 설문②	답변자 C: Chat GPT의 답변이 마음에 들게 나올 때까지 수많은 프롬프트 수정 과정을 거쳐야 했으며, 그 과정에서 이야기의 빈틈을 인지하고 채워넣을 수 있었다.	고전문학 이해 심화
전체 설문③	답변자 A: 우리 팀의 의도와 빗나가는 답변이 나올 때마다 어떤 부분에서 설명이 부족했는지 고려하며 말을 재구성하는 과정에서 원전에 대한 이해가 보다 높아질 수 있었다고 생각한다. 답변자 B: 원전이 가진 의미, 부족한 점 등을 더 생각해볼 수 있게 되었다. 답변자 C: 이야기 조각을 나누어야 하고, 어떤 부분에 빈 공간이 존재하여 매끄럽지 않은 것인지를 인지하고 이해할 수 있게 된다는 것이다. 따라서 원전에 대한 분석적 이해가 필요하며, 이에 따라 원전에 대한 이해도가 대폭 상승할 수 있었다.	고전문학 이해 심화
전체 설문⑤	답변자 A: Chat GPT를 통해 고전서사를 리텔링하는 수업은 우선적으로 고전서사의 원전에 대한 이해가 선행되어야 하고, 이 이해를 바탕으로 리텔링을 하는 것이기에, (…중략…) 원전을 표면적으로만 이해하지 않고 맥락 속에 숨겨진 이야기 가능성과 의미를 탐구하려고 노력했던 것 같다 답변자 B: 수로부인이 '무녀'로서 해석되었을 때 (…중략…) 작품 줄거리를 능동적으로 읽고 해석하는 과정에서 고전서사에 대한 이해가 심화되었다. 답변자 C: Chat GPT를 사용하는 과정에서 원전에 대한 분석적 이해가 가능했으며, 이에 따라 원전에 대한 이해도가 심화되었다. (…중략…) 그것을 우리의 리텔링 작품에서는 어떻게 변주하여 새로운 의미를 이끌어 낼 것인가에 대해 고민한 부분이 고전서사 이해에 큰 도움이 된 것 같다.	자기주도적 학습 고전문학 이해 심화

〈표 8〉에서 전체 설문에 대한 학습자 답변은 이 연구에 참여하는 리텔링 학습자 3명의 답변을 정리한 것이다.

학습자들은 전체 설문에서 리텔링이 고전문학 심화 학습에 효과가 있다고 공통적으로 답변하였다. 학습자들은 특히 리텔링을 위한 '새로운 의미 도출을 위한 고민', 원작의 '빈 공간' 찾기를 통해 원작의 깊이 있게 이해하였다고 대답하였다. 학습자들은 Chat GPT 활용을 위해서는 원작에 대한 이해가 선행되어야 함을 깨달았고, 이를 위해 자기주도적인 능동적 학습을 진행하였다고 답변하였다. 설문을 통해서 Chat GPT를 활용한 고전서사 리텔링이 학습자에게 긍정적인 학습 효과를 주었음을 확인할 수 있었다. 한편 학습자들은 Chat GPT 활용의 한계를 지적하시도 하였다. 〈표 9〉에 학습자들이 지적한 Chat GPT 활용의 한계를 정리하였다.

<표 9> Chat GPT를 활용한 고전서사 리텔링의 한계점

질문	학습자 답변	단점
전체 설문④	답변자 A: 장르가 동양 판타지라고 INPUT을 선행적으로 기입했음에도 불구하고, 수로의 능력을 제시해달라고 했을 때 계속해서 마법과 판타지라는 키워드가 들어 있는 답변이 나오기도 했다. 답변자 A: 발표자료에서 보여준 Chat GPT의 답변 내용이 상당히 표면적이라는 생각이 들기도 했다. 답변자 B: 이물의 신격 약화 혹은 소멸, 남성 욕망의 투영 결과로서의 이물 양상 등을 작품 내에서 발견할 수 있는 식견을 가질 수 있으나 gpt를 통한 학습에서는 그러한 부분이 부족했다고 볼 수 있다.	Chat GPT의 기술적 한계 이론 학습의 부족
전체 설문⑥	답변자 B: gpt가 창의적인 답변을 많이 도출하지는 않았다. 답변자 C: Chat GPT를 활용하는 과정에 있어선 원작에 대한 거시적인 이해가 거의 이루어지지 않았던 것 같다. 이러한 부분은 수업으로 보충되었다.	

학습자는 Chat GPT 활용의 한계로 원하는 답변을 받지 못하는 경우가 많았다는 점과 창의적이지 않은 답변이 제시된다는 점을 지적하였다. 그리고 학습자들은 리텔링을 통한 고전문학 학습 효과가 객관적으로 제시되지 않아서 학습자 스스로 성취 정도를 알기 어렵다는 점을 한계로 인식하였다. 이는 현 단계 고전문학 교육에서 문제 해결 중심의 팀 프로젝트 수업으로의 전면적 전환이 어렵다는 것을 시사한다. 새로운 고전문학 교육 방법이 문학에 대한 사색이나 문학사 본질을 파악하기 어렵게 한다는 지적[17]을 일정 정도 수용할 필요가 있다. 학습자들이 제시된 정보의 정확성, 타당성을 판단하고, 작품에 내재된 사회·문화적 요소 등을 종합적으로 이해할 수 있는 지식 전수 모델이 현재 상황에서도 병행되어야 한다.[18]

전체 설문을 통해서 고전문학 교육에 Chat GPT를 활용한 고전서사

---

17) 나수호는 Chat GPT를 통한 글쓰기의 한계로 학생들이 사고하는 방법을 제대로 배우지 못할 위험을 지적하였다(나수호, 2023: 26).

18) 2023-1 〈고전서사 내러티브의 이해〉에서는 이러한 점을 고려하여 1차시는 고전 작품의 비평적 이해에 초점을 맞추어 강의식 수업을 진행하였다.

리텔링이 학습 효과가 있었음을 확인할 수 있었다. 그러나 수강생 대상 설문은 교수자가 요구한 질문지로 구성되어 있기 때문에 도구화 편향19)이 나타날 수 있다. 이는 실제 학습자의 생각과 설문 답변의 차이를 발생시킬 수 있다. 이를 해결하고 학습 효과에 대한 학습자의 경험을 확인하기 위하여 심화 인터뷰를 진행하였다. 심화 인터뷰는 학습자들의 리텔링 경험과 결과물에 대한 질문으로 구성하였다.

〈표 10〉 Chat GPT를 활용에 대한 심화 인터뷰

질문	학습자 답변
심화 인터뷰 ②	답변자 A: 비어 있다는 것은 그만큼 상상을 펼칠 수 있는 여지가 충분하다는 것과도 같다는 것을 많이 느꼈던 것 같습니다. 또한 텍스트로 적힌, 보이는 것만이 이야기의 전부가 아니라는 점에서 원전 텍스트 밖의 이야기에 대해서도 흥미를 가질 수 있었습니다. 답변자 B: 고전문학은 단지 "옛날이야기" 정도라고 생각했습니다. (…중략…)〈수로부인〉의 경우에도 그것이 만들어진 배경 등 다양한 요소와 관련하여 수로부인의 존재, 노옹의 정체, 헌화가의 의미, 암소의 의미, 해가의 의미 등등의 소재에 다양한 의미가 부여될 수 있음을 알 수 있었습니다. 답변자 C: 원텍스트를 두고 팀원들이 정말 다양한 이야기를 나눌 수 있었던 점, 그리고 다른 팀들이 만들어낸 다양한 스토리들을 보며 고전문학의 변용 가능성이 무궁무진함을 느꼈습니다. 그전에는 고전문학은 지나간 역사처럼 공부했었는데, 이번 팀플을 통해 고전문학을 현대에서 계속해서 호명해낼 수 있겠다는 생각을 했습니다.

심화 인터뷰에서는 학습자들의 고전문학에 대한 긍정적인 인식을 전체 설문보다 구체적으로 확인할 수 있었다. 학습자들은 리텔링 팀 프로젝트를 통해서 고전문학의 다양한 의미와 현대적 가치를 경험하였다고 답변하였다. 학습자들의 설문과 인터뷰를 바탕으로 Chat GPT를 활용한 고전서사 리텔링 학습 효과를 확인하였다. Chat

---

19) 도구화 편향은 설문지의 지시문, 문항, 척도 또는 응답 범주 등 설문 도구에 개입되어 있는 편향을 의미한다. 본 설문과 같이 교수자가 응답을 요구하는 경우 응답자는 교수자의 의도를 고려하여 답변할 수도 있다(김경호, 2014: 48~50 참조).

GPT를 활용한 고전서사 리텔링 학습의 가치를 다음과 같이 정리할 수 있다.

첫 번째, 학습자가 고전문학과 과학 기술의 실천적 융합을 경험한다. 원전을 직접 학습한 학습자 그리고 학습자의 프롬프트와 데이터의 집적을 통해 원전을 이해한 Chat GPT는 공동의 의미 부여 주체이자 서사 공동체로 협업한다. 협업 중 이루어지는 탐색과 선택의 반복은 고전문학과 과학 기술을 융합하는 창의적 학습이다. 학습자는 융합 교육을 통해 원전과는 다른 새로운 서사의 창의성을 경험한다.

두 번째, 학습자는 고전문학 원작을 심화 이해한다. 학습자는 고전문학에 대한 심도 있는 이해가 수반되어야 Chat GPT와의 협상에서 주도권을 얻을 수 있음을 알게 된다. 학습자는 원작 이해를 바탕으로 Chat GPT가 제공하는 정보를 판단하고, Chat GPT와 리텔링 과정을 협업한다.

세 번째, 학습자는 자유로운 문학 읽기를 경험하면서 고전문학의 현대적 가치를 인식한다. 학습자는 서사 경합, 서사 협상 과정에서 원작에 대한 다양하고 적극적인 해석을 경험하게 된다. 학습자는 Chat GPT와 리텔링을 협업하면서 리텔링 문제 해결을 위해 서사적 상상력을 발휘해야 한다. 이 과정을 거치면서 고전문학에 대한 자기주도적 해석과 현대적 변용 가능성을 경험한다.

정리하면 Chat GPT를 활용한 고전서사 리텔링은 학습자의 자기주도적 학습을 유도하며 고전문학에 이해에 긍정적인 영향을 미쳤다고 볼 수 있다. 이는 과거의 지식 전수와는 다른 교육 모델로 고전문학을 새로운 방식으로 향유하는 의미가 있다. Chat GPT를 활용한 고전서사 리텔링이 고전문학 교육의 새로운 방향성을 제시할 수 있을 것이다.

5. 결론

이 글에서는 Chat GPT를 활용한 고전서사 교육 방법을 제시하고, 실제 학습 사례를 분석한 후, 평가와 설문을 통해 학습 효과를 검증하였다. 학습 사례 분석은 2023년 1학기 〈고전서사 내러티브의 이해〉의 팀 프로젝트 중에서 〈수로부인조〉 리텔링을 대상으로 하였다. 〈수로부인조〉 리텔링 과정과 결과물을 분석하여 리텔링 학습자와 Chat GPT의 상호 작용 과정, 학습자의 자기주도적 리텔링 창작, 리텔링 결과물의 의의, 설문 및 인터뷰 등을 통한 학습 효과를 살펴보았다.

학습자는 리텔링 기획과 고전문학 원전 탐색, Chat GPT 활용에 이르기까지 자기주도적인 학습을 진행하였다. 학습자는 Chat GPT와 협업하면서 프롬프트의 입력, 선택, 수정을 반복하였다. 학습자는 Chat GPT와 상호 작용하면서 학습자의 내면에 축적된 문학적 상상력과 Chat GPT의 기계적 데이터를 창의적으로 융합하였다. 이 과정에서 학습자와 Chat GPT는 서사 공동체를 형성하면서 새로운 방식의 리텔링 학습 가능성을 보여주었다. 이러한 학습자의 학습 효과를 객관적으로 확인하기 위해 전체 설문과 심화 인터뷰를 진행하였고, 학습자가 Chat GPT를 활용한 고전서사 리텔링 학습 활동을 통해서 긍정적인 학습 효과를 얻었음을 입증할 수 있었다.

지금 시대는 과학 기술이 발전하면서 다양한 디지털 도구들이 출현하고 있기 때문에 새로운 고전문학 교육 방법을 꾸준히 모색해야 한다. 기존의 고전문학 교육은 민족문학의 관점에서 고유문화, 민족 정체성, 독자성 등을 강조하는 정전 교육에 가까웠다. 변화하는 시대에 대응하기 위해서는 고전문학 연구자도 생성형 AI를 활용한 새로운 연구 방법론, 디지털 도구를 활용한 교육 방안 등을 적극적으로 수용해야 한다.

Chat GPT와 같은 생성형 AI는 더 이상 미래 기술 영역이 아니다. 고전문학을 학습하는 젊은 세대는 AI를 일상적 도구로 활용하고 있고, AI와의 협업은 전 분야에서 확대될 것이다. 변화의 시대에 고전문학 교육이 과거의 방식으로 유효할 수 있을지에 대한 성찰이 필요하다. AI를 활용한 연구와 교육이 고전문학의 가치를 훼손하지 않을 것이다. 오히려 고전문학 연구와 교육에 AI를 활용함으로써 새로운 방법론의 적용과 창의적 융합 교육이 가능해질 것이다.

참 고 문 헌

1. 단행본

김경호(2014), 『설문조사』, 한국학술정보.

이인화(2014), 『스토리텔링 진화론』, 해냄출판사.

한국고소설학회(2006), 『고전소설 교육의 과제와 방향』, 월인.

Abbott, H. Porter, 우찬제 역(2010), 『서사학 강의』, 문학과지성사.

Ansgar Nunning & Vera Nunning, 조경식 외 역(2018), 「구조주의 내러톨로지에서 '포스트고전' 서사론으로」, 『서사론의 새로운 연구 방향』, 한국문화사, 1~51쪽.

2. 논문

강명주(2019), 「고전서사를 활용한 웹툰의 환상성 연구」, 『우리문학연구』 63, 우리문학회, 77~104쪽.

강유진·이명현(2021), 「〈토끼전〉 챗봇 개발을 통한 고전소설과 컴퓨팅 사고의 융합: 오픈 소스 챗봇 플랫폼을 활용한 게이미피케이션 챗봇 개발을 중심으로」, 『우리문학연구』 70, 우리문학회, 29~64쪽.

고정희(2015), 「고전문학의 지속가능성과 고전문학 교육」, 『한국한문학연구』 57, 한국한문학회, 131~162쪽.

권기성(2018), 「컴퓨터를 이용한 고전문학의 방법론적 전환과 전망」, 『인공지능인문학연구』 1, 중앙대학교 인문콘텐츠연구소, 9~29쪽.

권태현(2023), 「인공지능 글쓰기와 작문 교육의 방향 탐색: 생성형 인공지능의 교육적 활용을 중심으로」, 『한민족문화연구』 83, 한민족문화학회,

137~174쪽.

김종철(2018), 「과학·기술 주도 시대의 고전문학교육」, 『문학교육학』 59, 한국문학교육학회, 9~29쪽.

김지우·이명현(2021), 「챗봇 빌더 기반의 〈홍길동전〉 챗봇 프로토타입 연구 개발: 고전소설과 컴퓨팅 사고의 융합 교육을 중심으로」, 『국제어문』 88, 국제어문학회, 47~81쪽.

김현준(2023), 「생성형 AI는 무엇을 '생성'하는가?: 커뮤니케이션 생성 엔진」, 『문화과학』 114, 문화과학사, 102~127쪽.

나수호(2023), 「거대 언어모형에 대한 대학교육의 대응」, 『국문학연구』 48, 국문학회, 7~42쪽.

노대원(2023), 「소설 쓰는 로봇: Chat GPT와 AI 생성 문학」, 『한국문예비평연구』 77, 한국현대문예비평학회, 125~160쪽.

박경주(2020), 「대학 고전문학교육의 현황과 그 방향성 모색」, 『고전문학과 교육』 45, 한국고전문학교육학회, 5~37쪽.

박정애·박주용(2019), 「동료평가 정확도 향상 방안의 비교: 평가 기준에 대한 학생들 간 토론 대 전문가 평가 사례 제시」, 『인지과학30』 4, 한국인지과학회, 2019, 176~197쪽.

서유경(2017), 「고전소설교육 패러다임의 점검과 전망」, 『국어교육연구』 63, 국어교육학회, 87~112쪽.

이명현(2015), 「고전소설 리텔링(Re-telling)을 통한 창의적 사고와 자기표현 글쓰기」, 『우리문학연구』 48, 우리문학회, 137~161쪽.

이명현(2020), 「플립드 러닝을 적용한 고전소설 수업 사례 연구」, 『어문론집』 84, 중앙어문학회, 249~285쪽.

이명현·유형동(2019), 「인공지능 시대에 고전문학을 활용한 창의적 표현 교육 방안 연구: 고전 서사 리텔링을 중심으로」, 『문화와 융합』 48,

한국문화융합학회, 655~686쪽.

이승은(2022), 「국내외 디지털인문학 교육 사례와 고전문학 교육에의 시사점」, 『고전문학과 교육』 51, 한국고전문학교육학회, 5~40쪽.

이정원(2022), 「고전문학 교육의 위기와 변화 방향」, 『국어국문학』 200, 국어국문학회, 29~69쪽.

정병헌(2007), 「대학에서의 고전문학교육」, 『한국고전연구』 15, 한국고전연구학회, 5~26쪽.

정선희(2023), 「대학 전공교육으로서의 고전소설 수업 방안 연구」, 『한국고전연구』 61, 한국고전연구학회, 67~89쪽.

조희정(2021), 「팬데믹이 강제한 디지털 교육 환경 속 고전문학교육 장면 분석: 교육 공간/플랫폼의 확장을 중심으로」, 『고전문학과 교육』 47, 한국고전문학교육학회, 5~40쪽.

최혜진(2019), 「역량기반 고전문학교육의 방법과 과제」, 『어문론총』 80, 한국문학언어학회, 101~124쪽.

3. 기타

Victor Ordonez, Taylor Dunn, Eric Noll(2023), "OpenAI CEO Sam Altman says AI will reshape society, acknowledges risks: 'A little bit scared of this'" (https://abcnews.go.com/Technology/openai-ceo-sam-altman-ai-reshape-society-acknowledges/story?id=97897122).

제 3 부

챗봇과 고전소설

제1장 챗봇 빌더 기반의 <홍길동전> 챗봇 프로토타입

1. 서론

현대 사회는 인공지능, 사물인터넷, 빅데이터 등 과학 기술의 발전이 가속화되고 있고, 과학 기술과 다양한 분야가 융합하면서 창의적 혁신이 이루어지고 있다. 인문학에서도 인공지능 시대의 인문학의 방향을 탐색하고, 인문학 연구 영역을 재편하고자 하는 연구가 진행 중이고(김형주·이찬규, 2019), 인공지능 시대를 대비한 고전문학의 가치 발견,[1] 고전문학 교육 패러다임의 변화[2] 등에 대한 논의도 진지

---

[1] 인공지능 시대 고전문학의 상상력에 주목한 연구로 다음의 논문이 있다. 고운기(2018), 「공존의 알고리즘: 문화융복합 시대에 고전문학 연구자가 설 자리」, 『우리문학연구』 58, 우리문학회, 9쪽; 김성문(2018), 「인공지능 시대와 고전문학」, 『문화와 융합』 40(6), 한국문화융합학회, 12~154쪽; 이명현(2018), 「SF영화에 재현된 포스트휴먼과 신화적 상상력」, 『문화와 융합』 40(3), 한국문화융합학회, 1~28쪽.

[2] 고전문학 교육에서 과학 기술이 초래할 문제에 대한 대응과 인공지능 시대를 대비한 창의적 고전문학 교육에 대한 연구로 다음의 논문이 있다. 김종철(2018), 「과학·기술 주도 시대의 고전문학교육」, 『문학교육학』 59, 한국문학교육학회, 14~15쪽; 이명현·유

하게 이루어지고 있다.

그러나 고전문학을 비롯한 문학 교육과 과학 기술의 성과를 융합하려는 실제적인 연구는 미흡한 상황이다. 고전문학자에게 컴퓨팅적 사고, 알고리즘 등 인공지능과 관련된 공학 분야는 여전히 낯선 영역이기 때문이다. 이러한 격차를 줄이기 위해서는 인문학 전공자가 쉽게 접근할 수 있는 공학적 매개체를 찾을 필요가 있다. 이에 대한 고민의 결과로 챗봇 기반의 오픈 소스 '단비'3)를 활용한 교육용 '고전소설 챗봇' 프로토타입 개발을 제안하고자 한다.

고전소설 교육과 챗봇은 서로 이질적인 것으로 생각하기 쉽다. 챗봇을 설계하고 구현하는 '문제분해, 패턴 인식/자료 표현, 일반화/추상화, 알고리즘' 등은 일견 고전소설을 비롯한 문학 교육과 관계가 없어 보인다. 그러나 공학 알고리즘의 '과정과 절차 중심'의 문제 해결 방식은 문학 작품을 분석하고 이해하는 과정에서 단계 단계에 구현되는 패턴을 찾아내고 의미화하는 과정에 대응될 수 있다(이명현·유형동, 2019: 665~666). 챗봇 설계와 구현 과정에 작동하는 컴퓨팅 사고를 고전소설 교육에 적용한다면 챗봇을 활용한 고전소설 교육의 가능성은 폭넓게 열려 있다.

물론 현재로서는 고전소설 전체를 대상으로 자연어 처리가 가능한 챗봇 개발은 어려움이 많다. 우선 고어 등에 대한 자연어 처리,

형동(2019), 「인공지능 시대에 고전문학을 활용한 창의적 표현 교육 방안 연구: 고전서사 리텔링을 중심으로」, 『문화와 융합』 41(5), 한국문화융합학회, 1~28쪽.

3) 이 글에서 챗봇 빌더 단비를 활용하고자 한 이유는 첫째, 단비는 챗봇 제작 오픈 소스로 접근성이 뛰어나기 때문이다. 별도의 프로그램 설치 없이 홈페이지 접속만으로 무료 챗봇 제작이 가능하다. 둘째, 단비는 기존의 언어 형식을 탈피하여 시각화된 UI를 제공한다. 전문적인 기계어 학습이 없어도 챗봇 제작이 가능하다는 점에서 인문학 전공자의 프로그래밍 입문 단계에 적합하다. 또한 단비가 제공하는 그래픽은 컴퓨팅적 사고가 익숙하지 않은 이용자도 구조적으로 파악하는 데 용이하다.

빅데이터 구축 등 공학적 성과의 집적이 필요하고, 고전소설 데이터 구축의 어려움, 딥러닝 알고리즘 등 현 단계에서는 해결해야 할 난제가 많다.

그러나 챗봇 빌더의 경우는 AI에 대한 전문적 지식과 딥러닝 프로그램 학습이 없어도 챗봇 제작이 가능하다는 점에서 인문학 전공자의 챗봇 코딩 입문 단계에 적합하다. 현재 챗봇 개발을 주도하는 공학에서는 고전소설 교육에 대한 관심과 이해도가 낮고, 고전문학 전공자들은 프로그래밍 언어, 알고리즘, 소프트웨어 개발 등에 문외한인 경우가 대다수이다. 첫 단계부터 인문학과 공학의 수준 높은 융합이 어렵기 때문에 인문학 영역에서 활용 가능한 공학 도구를 통해서 고전문학 교육과 공학의 접점을 찾는 노력을 할 필요가 있다. 그렇기 때문에 일차적으로 고전소설 데이터를 바탕으로, 이용자와 챗봇이 문자 텍스트를 매개로 한 인터랙티브가 가능한 수준의 프로토타입 구현을 목표로 하고자 한다.

이 글에서는 이러한 관점에서 챗봇 오픈 소스 '단비'를 기반으로 고전소설 〈홍길동전〉[4]을 선택하여 비주얼 노벨 방식의 챗봇 프로토타입을 연구 개발하고자 한다. 챗봇 오픈 소스를 활용할 경우, 알고리즘과 프로그램을 직접 개발하지 않더라도, 챗봇 설계와 구현 과정을 통해 알고리즘의 특성을 이해하고, 개념 정의와 프로세스, 순서 및 배열 등을 통해 컴퓨팅 사고를 고전소설 이해에 적용할 수 있기 때문이다. 이러한 챗봇 제작 과정은 챗봇 알고리즘으로 고전소설

---

4) 챗봇 프로토타입의 대상으로 〈홍길동전〉을 선택한 이유는 이 작품이 대중들에게 가장 널리 알려진 고전소설이기 때문이다. 〈홍길동전〉은 중고등학교 교과 과정에서 오랜 기간 다루어질 정도로 교육적 가치를 인정받아 왔다. 〈홍길동전〉에서 제시된 적서차별은 오늘날 제도적으로는 철폐되었지만, 적서차별에 담긴 차별의 문제는 현시대에도 유효하다.

서사를 재맥락화하는 것으로 제작자와 학습자가 자기주도적으로 작품을 재구성하는 학습 경험이라 할 수 있다.

고전소설 융합 교육을 위해서 우선 고전소설의 재맥락화와 챗봇 프로토타입의 관계를 살펴보고, 프로토타입 개발을 1) 구상, 2) 설계, 3) 제작, 4) 시범 및 수정의 단계로 제시하고, 개발된 챗봇 프로토타입의 교육적 효과를 고찰하고자 한다.

2. 고전소설의 재맥락화와 비주얼 노벨 형식의 챗봇 프로토타입

현재 중고등학교의 고전소설 교육은 수능시험을 위한 문제풀이 중심으로 진행되고 있다. 작품 전체의 내용을 읽고 이해하는 데 초점이 맞추어진 것이 아니라 작품의 주제, 어휘 등을 일방적으로 전달하는 방식이다(이명현, 2015: 138~139). 대학에서도 고전소설은 어휘, 표기, 해석 등 '가독성의 어려움', 지루하고 뻔한 내용, 시대 상황의 차이, 스토리의 전형성 등 '작품 내용' 등을 이유로 학생들에게 부정적으로 인식되고 있다(이명현, 2020: 254).

이것은 기존 고전소설 교육이 선형적인 서사 패턴, 작품의 주제의식 등을 일방적으로 전달하는 방식이었기 때문이다. 2015년 개정 국어과 교육 과정에서 작품의 주체적 해석, 문학의 수용과 생산 등을 성취 기준으로 제시하고 있지만,[5] 여전히 교육 현장에서는 입시 위

---

5) 2015 개정 국어과 교육 과정의 '문학' 영역에서는 '주체적인 관점에서 작품을 해석하고 평가하며 문학을 생활화하는 태도를 지닌다.', '문학의 수용과 생산 활동을 통해 다양한 사회·문화적 가치를 이해하고 평가한다.'는 성취 기준을 제시하고 있다(교육과학기술부, 2015: 66).

주의 문제 풀이 중심의 교육이 진행되고 있어서 학습자의 위치는 '일방적 수용자'에 가깝다. 이러한 문제를 해결하기 위하여 학습자가 문학 교육의 주체로서 작품을 감상하고 해석하게 하는 방안을 찾아야 한다. 특히 학습자가 일방적 수용자의 지위를 탈피하고 '주체적 체험자'로 거듭나는 방식이 필요하다.

기존 고전소설 교육에서는 작품의 주제, 시대적 배경, 수사법, 어휘, 갈래의 특징 등을 주로 학습하였고, 서사 전개에서도 줄거리 위주의 선형적 서사, 사건의 인과적 배열 등이 중심이었다. 그러나 학습자의 주체적 감상을 위해서는 학습자 스스로 작품의 내용에 의미를 부여하는 고전소설 재맥락화가 필요하다. 학습자 중심의 고전문학 재맥락화 교육 방안은 텍스트의 구성 방식을 중심으로 컨텍스트를 이해하고, 이를 바탕으로 재맥락화함으로써 해석의 지평을 확장하는 것이다. 여기서 재맥락화란 이질적인 요소들의 계열화이며, 고전문학과는 어울리지 않을 것 같다고 여겨지는 이질적 요소를 유사 계열로 유추하고 데이터 조합을 통해서 서로 다른 요소를 네트워크하여 결합하는 방식이라 할 수 있다(이명현·유형동, 2019: 673).

학습자가 오랜 기간 줄거리 중심의 선형적 서사로 인식되어 온 고전소설을 스스로 재구성하여 재맥락화하는 것은 쉽지 않다. 적절한 유도 방법을 동반하지 않으면 자칫 학습자가 학습 장벽을 체감하고 학습 무력감을 느낄 수 있다. 이 글에서는 이러한 문제를 해결하기 위해 비주얼 노벨 형식을 적용한 〈홍길동전〉 챗봇 프로토타입을 개발하고자 한다. 비주얼 노벨은 이미지 혹은 영상과 텍스트를 결합한 게임 어드벤처 장르로, 이용자의 선택에 따라 게임의 진행 방향과 엔딩이 정해지는 상호 작용형 내러티브를 특징으로 한다.

비주얼 노벨은 이름에서부터 알 수 있듯이 '노벨'의 특성, 즉 서사성이 핵심 요소이다. 그러나 게임 어드벤처 장르로 상호 작용형 내러 티브를 특징으로 삼는다는 점에서 선형적 서사 텍스트와는 분명하게 구분된다. 비주얼 노벨의 서사는 고정되어 있지 않고, 이용자의 선택에 의해 좌우된다. 이용자의 선택은 서사의 분기점으로 작용하여 이야기의 진행 방향을 결정하는 데 기여한다. 이야기의 구조와 마찬가지로 결말 또한 단일하지 않고 이용자의 누적된 선택의 영향을 받아 달라지며, 이용자 역시 비주얼 노벨의 특성을 분명하게 이해한 상태로 진행된다. 이용자가 플롯에 직접 개입하여 수정하거나 통제하는 경험은 이용자의 주체적 서사 탐색을 가능케 한다.

기존 고전소설 교육에서는 플롯을 일반 행위 도식에 한정하여 이해함으로써 작품이 가진 심층적 의미와 구조의 역동성을 충분히 파악하지 못하는 문제점이 있다. 특히 중·고등학교 교육 과정의 경우, 고전소설의 서사 해석 방식이 정형화되어 있어 학습의 정도가 이야기의 서사 구조를 확인하는 단계에 그치고 만다. 그러나 주체적인 서사 탐색은 주어진 구조의 발견에서 나아가 스스로 서사를 재구조화하는 단계에 도달하도록 만든다.

고전소설 재맥락화는 작품의 감상과 해석을 진행하는 데 있어서 과정과 절차의 논리적 사고를 기반으로 단계적으로 조건과 경우에 따라 다양성을 추구하는 것이라 할 수 있다. 그리고 챗봇 설계는 '문제 해석하기 → 패턴/규칙 파악하기 → 추상화하기 → 알고리즘 만들기의 단계'의 컴퓨팅 사고(Wing, 2006: 33~35)를 기반으로, 어떤 결말로 가는 경로와 그 근거를 탐색하는 것이다. 학습자 중심의 고전소설 재맥락화와 비주얼 노벨 형식의 챗봇 프로토타입은 문제를 발견하고 접근하여 최적화된 문제 해결 방법을 찾는 '과정과 절차 중심'이라는 공통점을 갖고 있으며, 이 부분을 접점으로 고전소설 챗봇 프로토타

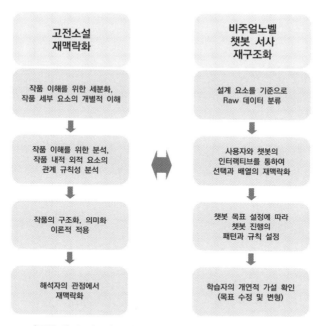

〈그림 1〉 고전소설 재맥락화와 비주얼 노벨의 과정과 절차

입을 개발할 수 있는 것이다. 이것은 공통적으로 자신의 관점에서 작품을 분석하고 이해하는 과정이고, 창의적, 논리적, 계산적 사고를 계발하는 방안이라 할 수 있다.

고전소설 챗봇 프로토타입을 개발하려는 핵심 목표는 학습자를 '주체적 체험자'로 유도하는 것이다. 챗봇을 통해 선형적 서사 이해에서 벗어나 자신의 관점에서 서사를 재맥락화하고, 작품의 공백을 추론과 상상력으로 채워가는 경험을 제공하는 것이 관건이다. 작품 속에서 갈등 해결하는 방식을 확인하고 이해하며, 인물 간 관점의 다양성을 경험할 수 있다. 동일한 사건 속에서도 각 인물들은 서로 다른 관점을 가질 수 있고, 이를 자신의 상황이나 성격에 따라 다르게 표현한다. 이러한 표현 속에서 새로운 의미를 발견하고, 그 과정에서 인물 간, 혹은 자아와 세계와의 관계를 깊이 있게 사고할 수 있다.

이 글에서는 비주얼 노벨 형식으로 〈홍길동전〉 챗봇 프로토타입을 설정하여 학습자의 흥미를 고취시키고 학습자에게 새로운 개연적 가설의 가능성을 보여 주고자 한다. 이러한 형식은 고정된 작품 구조를 '발견'하여 고전소설의 줄거리를 이해하는 데 그치는 것이 아니라, 학습자가 스스로 이야기 단위를 설정하고 재배열함으로써 작품의 새로운 탐색과 맥락적 이해를 가능하게 한다. 또한 이용자와 챗봇의 인터랙티브를 통하여 다양한 선택지와 다회차 진행 및 결말의 변형 등을 유도하여, 학습자가 새로운 개연적 가설의 가능성을 확인하고, 프로토타입에서 초기에 제시했던 목표를 직접 수정하거나 변형하여 새로운 의미의 체험을 할 수도 있다.

3. 〈홍길동전〉 프로토타입 개발

이 글에서는 〈홍길동전〉[6]을 로우(raw) 데이터로 비주얼 노벨 형식의 챗봇 프로토타입을 구현하고자 한다. 비주얼 노벨 형식의 〈홍길

---

[6] 기존 교육 과정에서 〈홍길동전〉은 시대 상황 파악, 갈등 상황 혹은 주제 탐색, 줄거리 중심의 읽기에 초점이 맞추어져 있었다. 2005년 교과 과정이 개정되었지만, 고전소설 학습은 갈래의 특성을 이해하거나 문학사적 의의를 학습하는 것을 목표로 삼고 있다. 현재 교과 과정에서 〈홍길동전〉은 교과서에 일부만 수록되거나 발단, 전개, 위기, 절정, 결말이라는 선형적 도식 안에서 통시적으로 요약되는 방식으로 학습되고 있다. 영웅적 면모를 지닌 중심인물 '홍길동'과 봉건적 관습 타파·빈민 구제·해외 진출 사상과 같은 주제 의식에 대한 평면적 학습은 〈홍길동전〉에 대한 고정된 인식을 강화하고 있다(황윤정, 2020: 171~221 참조).

이 글에서는 챗봇 프로토타입 연구 개발이 위와 같은 〈홍길동전〉의 고정적 인식을 극복하는 교육적 방안이 될 수 있다고 판단하였다. 특히 다른 고전소설 작품에 비하여 대중에게 익숙하고, 작품에서 제기된 문제 의식이 현대에서도 유효하다는 것을 고려하였다.

동전〉 챗봇 프로토타입 개발하는 데 있어서 교육적 목표를 달성하기 위하여 챗봇을 통한 고전소설 서사의 재맥락화를 고려해야 한다. 그리고 챗봇을 통하여 이용자가 주체적인 인터랙티브 경험을 해야 하고, 이용자의 흥미를 유발하여 자발적 참여를 유도해야 한다.[7] 이 글에서는 이러한 사항을 고려하여 챗봇 개발 단계를 '구상', '설계'. 제작, '시범 및 수정'으로 나누어 프로토타입을 연구 개발하였다.

1) 구상

비주얼 노벨 형식으로 챗봇 프로타입을 개발하기 위해서는 챗봇의 기본 콘셉트 구상을 통해 구체적인 목표와 문제 해결을 유도하는 방법을 고안할 필요가 있다. 기본 콘셉트는 챗봇 전반에 영향을 미치는 핵심 시놉시스를 구성하기 위해 설정해야 하는 게임 형식을 의미한다. 기본 콘셉트를 고안하는 과정에서 일차적으로 고려할 것은 〈홍길동전〉을 재맥락화하기 위한 자료 해석 역량이다.

자료 해석 역량이란 자료와 정보를 읽고, 이를 활용하는 능력을 말한다(교육과학기술부, 2015: 166). 챗봇 구상에서 학습자가 어떤 자료를 어떻게 해석할 것인지, 제시된 자료를 어떻게 선별하고 평가할 것인지 스스로 사고하고 결정하는 능력을 기를 수 있는지 등이 반영되어야 한다. 학습자가 자료를 해석하여 자신만의 독창적인 의미를 부여하는 방식으로 작품을 재구성해야 하고, 정보를 창의적이고 비판적으로 받아들이는 역량을 키울 수 있도록 해야 한다.

---

7) 고전소설의 내용을 현대적으로 변용하여 개작하는데 그치면, 앞에서 제기한 선형적 서사의 한계를 벗어나지 못하는 것이다. 그리고 학습자의 주체적 경험과 흥미를 유발하지 못하면 고전소설 학습의 문제점을 그대로 답습하는 것과 다름없다.

그리고 학습자의 흥미를 유발하기 위해서 게이미피케이션 방식을 적용할 필요가 있다. 게이미피케이션은 게임 설계 요소를 학습에 활용하는 것으로(박주희, 2019: 48), 학습자의 자발적인 지속성을 유도하는 것이 핵심이다. 자발성과 지속성을 담보하기 위해서는 학습자의 흥미와 학습 효과를 모두 충족해야 한다. 따라서 게임 설계 요소를 어떻게 구상하고, 설계 단계에 반영할 것인지에 대한 충분한 고민이 수반되어야 한다.

이 글에서는 학습자의 흥미와 학습 효과를 극대화하기 위하여 재판 형식의 게임 챗봇을 구상하였다. 재판은 사건의 재구성과 서사의 재맥락화에 적합한 형식이다. 재판은 작품의 서사를 해체하여 편집하는 일련의 과정이다. 재판에서 서사는 시간순으로 제시되지 않고, 사건은 재판 참여자의 관점에 따라 부분적으로 재현된다. 하나의 사건과 사건의 관계가 재판 참여자의 말을 통해 분해되었다가 다시 통합된다. 학습자는 이 과정에서 직접 심문하여 사건을 추론하고 상상하며 서사를 재구성하게 된다. 특히 서사의 재맥락화 과정은 〈홍길동전〉을 감상하는 데 있어 단순 암기나 주입식 학습을 벗어나 스스로 문학 작품을 받아들이고 독창적인 방식으로 새롭게 이해하는 데 기여한다.[8]

구상 단계는 챗봇의 콘셉트를 확정 짓기 위한 프로토타입 개발의

---

8) 재판 형식은 〈홍길동전〉을 재맥락화하는데 다음과 같은 장점이 있다. 첫째, 재판 형식은 목표와 결과가 뚜렷하다. 학습자는 재판을 통해 개괄적으로 심문 과정을 거쳐 목표한 판결을 얻어내야 한다. 목표 달성을 위해 학습자는 주어진 정보를 적절히 이용하고 활용하여 주어진 문제를 해결해야 한다. 둘째, 관점의 차이가 극명하다. 학습자는 유죄와 무죄, 검사와 변호사라는 대립 속에서 공동체와 사회적 가치에 대해 고민할 수 있다. 셋째, 재판을 통해 관계 맺기에 대한 이해가 가능하다. 홍길동이 과거 혹은 현대 사회라는 세계와 어떻게 관계 맺는지 파악하고, 홍길동과 증인들의 관계를 통해 자아와 자아가 어떻게 관계 맺는지 확인할 수 있다.

첫 번째 단계로 시놉시스를 비롯한 인 게임 내러티브를 구체화해야 한다. 게임 설계 요소와 장치들을 세분화하고, 이후 제작 단계에서 실현될 수 있는지 검토해야 한다. 또 챗봇의 구성 요소와 실제 프로토타입 구동에 필요한 요소들이 포함되었는지 확인해야 한다.

① 핵심 시놉시스를 어떻게 구체화할 것인가?
② 미반영된 장치들을 어떻게 반영할 것인가?
③ 실제로 구현될 수 있는가?

첫째, 핵심 시놉시스를 구체화해야 한다. 챗봇 제작을 위해서는 시놉시스를 어떻게 구현할 것인지에 대한 고민이 필요하다. 가령, '유죄 판결'이라는 목표를 언제 어떤 방식으로 학습자에게 제시할 것인지, 목적의 달성 여부는 어떻게 검증하여 어떻게 제시할 것인지 구상해야 한다. 둘째, 핵심 시놉시스에서 충분히 반영되지 못한 게임 설계 요소들을 어떻게 배치할 것인지 고려해야 한다. 미반영된 게임 설계 요소들은 핵심 시놉시스를 구체화하는 단계에서 비로소 반영 가능하거나, 혹은 핵심 시놉시스를 매개로 삼지 않고 반영될 수 있으므로 이에 대해 이해한 후 배치해야 한다. 셋째, 구상한 요소들이 설계 및 제작 단계에서 챗봇 빌더를 통해 실제로 구현 가능한지 검토해야 한다. 프로토타입 제작의 핵심은 전문적인 인력이 투입되어 개발하는 것이 아닌 오픈 소스 챗봇 빌더를 통해 구현 가능하다는 데에 있다. 따라서 제작 단계에 앞서 제작의 실현 가능성을 확인해야 한다.

프로토타입을 통한 학습이 학업 성취도 증진으로 나아가기 위해서는 챗봇 자체의 매력 요인을 갖추어 학습자의 학습 몰입도를 끌어올려야 한다. 학습자가 몰입하여 목표를 성실히 수행할수록 지속적이고 자발적인 학습이 가능하기 때문이다. 이를 위해서는 흥미 유발 장치를 구상해야 한다.

흥미 유발을 위해서는 문제 의식을 바탕으로 익숙한 상황을 낯설게 만들어야 한다. 이때 관건은 구상 단계에서 핵심 시놉시스에 구성된 배경 및 상황을 어떻게 제시할 것인지에 있다. 이 글에서는 보조 인물을 활용하여 학습자가 상황을 자연스럽게 인식하는 방안을 구상하였다. 상황 설명을 단순히 나열하는 것이 아니라 보조 인물의 말을 통해 간접적으로 전달하는 방식으로 구상하였다.

보조 인물은 〈춘향전〉의 '춘향'으로 설정하였다. 대중적으로 잘 알려진 '춘향'이 학습자에게 비일상적인 호칭('검사님')을 제시하도록 하여 낯선 상황을 통해 학습자의 흥미와 호기심을 자극하기 위함이다. 또한 핵심 시놉시스에서 '홍길동의 재판'이라는 설정을 통해 고전 소설의 인물을 현대적 배경에서 재맥락화하기로 했다. 이를 통해 학습자는 현대라는 새로운 배경에서 〈홍길동전〉을 감상할 수 있다.

2) 설계

프로토타입 연구 개발을 위해서는 구상 단계에서 그치지 않고 세부 사항을 조율하고 설정하는 설계 단계로 나아가야 한다. 설계 단계에서는 구상 단계의 내용을 심화하거나 실제 프로토타입 구동에 필요한 요소들을 구축해야 한다. 이 글에서는 〈표 1〉과 같이 설계 요소를 설정하고, 이를 위해서 챗봇에 반영해야 할 사항들을 목록화하였다.

<표 1> 설계 단계에서 고려할 게임 요소

게임 설계 요소	목적	종류	반영 요소	비고
흥미 유발 장치	학습자의 흥미	① 낯선 상황 설정	낯선 상황	
			현대적 배경	
		② 성취 욕구 자극	목표 제시	
		③ 몰입도 증진	목표 달성 여부 공개	
		④ 반전과 돌발	반전/돌발 시나리오	
역량 함양 장치	학습 효과	① 선택과 변화	상호 작용형 내러티브	
		② 즉각적인 평가	'춘향'을 통한 피드백	
심미적 문학 체험 장치	재맥락화	① 다양한 관점 제시	주변 인물 제시	
		② 사회적 가치 제시	핵심 가치 재고	
		③ 현대적 의미 변용	현대적 평가	
		④ 해석 가능성 확장	인 게임 자아 '검사'	
장기 학습 유도 장치	학습 효과	① 심화 학습 유도	'춘향'의 추가 질문	
		② 반복 학습 유도	대화 흐름 [최종]	
서사 재구성 장치	재맥락화	① 증언을 통한 재현	심문과 진술	
		② 학습자 주도의 읽기	상호 작용형 내러티브	
		③ 사건 중심 서사 구성	원작 중심의 죄 설정	

　　챗봇 프로토타입 설계를 위해서는 시놉시스에 챗봇의 상황 설정과 비주얼 노벨 게임의 요소를 반영해야 한다. 설계 요소는 목적을 달성하기 위한 여러 장치들로 구성되며, 챗봇의 상황 설정에 따라 세부 설계 사항이 구체화된다.

　　첫째, 챗봇 이용자의 흥미를 유발하여 자발적, 지속적 학습을 가능하게 하기 위한 흥미 유발 장치가 필요하다. 재판 형식이라는 〈홍길동전〉 챗봇의 기본 콘셉트를 고려할 때, 흥미 유발 장치의 총 4가지로 설계할 수 있다. 우선, 원작과 다른 낯선 상황을 챗봇의 도입부에 설정하여 학습자의 호기심을 이끌어낼 수 있다. 영웅적 인물로 평가받던 홍길동이 피고로 재판에 서게 된 상황 설정이 이 장치에 해당한다. 학습자가 고전소설 학습에 어려움을 겪는 이유 중 하나가 현대와 다른 배경·어휘·표현 등이라는 점을 고려할 때, 〈홍길동전〉을 현대 배경에서 새롭게 감상할 수 있다는 점은 학습자의 흥미 요소가 될 것이다.

또한 홍길동의 '유죄 판결'이라는 구체적인 진행 목표를 제시하여 목적 달성을 위한 탐색 및 활동을 유도하고, 학습자가 이를 달성했는지, 달성하였다면 그 정도는 얼마나 되는지를 진행 과정에 공개하여 학습자가 목표 달성과 챗봇의 시나리오에 몰입하도록 한다. 그리고 반전과 돌발 요소를 구성하여 학습자가 시나리오를 지루해하지 않도록 해야 한다. 이를 위해서는 학습자가 충분히 예측 가능한 챗봇 서사에 대해 반전·돌발 시나리오를 구성하도록 한다.

둘째, 챗봇 이용자가 장기적으로 학습할 수 있도록 유도하는 장치가 필요하다. 보조 인물 '춘향'을 활용한 추가 질문으로 챗봇 이용자의 심화 학습을 유도하고, 이후 학습자가 챗봇 체험을 일회성에 그치지 않고 반복해서 진행할 수 있도록 구성해야 한다. 챗봇 프로토타입에서 재판 형식을 통한 다양한 증인 제시와 심문 과정을 통해서 다회차 체험을 유도해야 한다.

셋째, 학습자가 앞서 언급한 역량들을 제대로 함양할 수 있도록 역량 함양 장치를 구성해야 한다. 학습자의 주체적인 서사 이해를 위해 상호 작용형 내러티브를 통해 학습자의 선택과 목표 달성 여부가 학습자의 선택에 따라 좌우된다는 점을 명확히 해야 한다. 또한 이후 챗봇 진행에 있어서 학습자의 선택에 대한 구체적인 피드백을 제공할 수 있도록 해야 한다. 챗봇 프로토타입에서는 보조 인물인 '춘향'과 판사의 태도를 통해 학습자가 선택의 성공 여부를 확인할 수 있도록 한다.

본 챗봇 제작의 목적은 학습자가 고전소설을 컴퓨팅 사고와 융합하여 새로운 방식으로 이해할 수 있도록 하는 데 있다. 이러한 재맥락화 과정을 위해서는 직접적으로 서사를 재구성하는 경험을 제공하고, 학습자의 심미적 문학 체험이 가능하도록 하는 장치를 마련해야 한다. 서사 재구성 장치는 학습자에게 직접적인 재맥락화 경험을 제공한다.

첫 번째 세부 설계 사항인 학습자 주도의 읽기는 비주얼 노벨의 장르적 특성을 활용하여 학습자가 챗봇의 진행을 주도적으로 선택해 나가는 방식으로 실현하도록 한다. 두 번째 세부 설계 사항은 심문과 진술을 목표 달성을 위해 적절한 증인을 찾아가는 과정으로 활용하도록 한다. 이러한 설계는 학습자에게 정보의 해석과 판단, 추론과 상상력을 요구하기 위한 것으로, 학습자는 각 인물의 입장에서 편집된 서사들의 공백을 메우는 체험을 통해 작품에서 제시된 서사의 틀을 확장하여 자신이 재구성하는 새로운 서사의 세계를 구축할 수 있다.

심미적 문학 체험 장치는 학습자가 고전소설을 기존과 다른 방식으로 감상하도록 하는 데 초점을 맞추어 구성하도록 한다. 첫째, 작품에 대한 다양한 관점을 제시해야 한다. 이를 위해 중심인물인 홍길동의 주변 인물을 활용하고, 이후 설계 단계에서 중심인물인 홍길동 중심의 서사 이해에서 벗어나 다양한 관점에서 인물들을 파악할 수 있도록 유도하기 위한 구체적인 심문 내용을 구성해야 한다. 둘째, 고전 작품들은 작품에 내재된 가치가 시대의 흐름에 따라 독자들에 의해 다르게 해석될 뿐 퇴색되지 않는다는 점에서 의미가 있다. 따라서 챗봇은 사회적 가치를 제시하여 학습자가 챗봇의 제작과 이용 과정 전반에서 작품의 핵심 가치를 재고하여 사회의 다양한 가치를 이해할 수 있도록 도와야 한다. 셋째, 현대적 평가를 제시하여 〈홍길동전〉의 현대적 의미 변용을 꾀할 필요가 있다. 이를 위해서는 홍길동을 긍정적 인물로 일방적으로 해석한 교과서적인 내용을 재검토하여 학습자 자신의 관점에서 홍길동을 이해하도록 한다. 넷째, 작품의 해석 가능성을 확장하기 위하여 인 게임 자아를 '검사'로 설정한다. 챗봇 이용자는 검사가 되어 〈홍길동전〉의 내용을 재맥락화한다. 이러한 과정을 통해서 기존에 홍길동의 영웅적 요소를 강조했던 것과 달리 홍길동의 유죄 가능성을 탐색하는 색다른 경험을 제공할 수 있다.

이러한 설계 요소를 반영한 시놉시스의 내용은 다음과 같다.

> 어느 날 갑자기 누군가(보조 인물)로부터 낯선 메시지(흥미 유발 장치①)가 도착한다. 느닷없이 나(학습자)를 검사(심미적 문학 체험 장치②)라고 부르며 재판을 준비해야 한다는데, 알고 보니 맡아야 하는 재판이 2020년(흥미 유발 장치①), 언론과 대중들로부터 큰 주목을 받고 있는 일명 '홍길동 재판'이다. 홍길동은 의인인가, 악인인가(심미적 문학 체험 장치②, ③). 홍길동과 관련한 여러 인물들(심미적 문학 체험 장치① 중 적절한 증인(서사 재구성 장치①)을 골라 심문을 성공적으로 이끌어(서사 재구성 장치②) 재판에서 유죄 판결을 받아내야 한다(흥미 유발 장치②, ③).

시놉시스에 의해 구체화된 챗봇의 전체적인 목표는 홍길동의 유죄 판결로, 학습자가 인 게임 자아인 검사로서 총 3가지의 죄에 대해 각각의 증인을 선택하고, 심문하여, 심문에 대한 판결을 경험하도록 설계하였다. 그리고 앞서 세부화한 서사 재구성 장치를 반영하여, 〈홍길동전〉의 사건을 기준으로 인 게임 내러티브를 구성하였다. 따라서 챗봇 프로토타입에서는 〈홍길동전〉의 중심 사건 중 논쟁의 요소가 있는 행위를 세 개로 추려 각각의 죄를 설정하였다.

① 관상가와 자객을 살해한 죄

② 도적 무리를 이끌고 해인사와 함경 감영을 도적질한 죄

③ 율도국을 침략하여 전쟁을 일으킨 죄

　특히 홍길동의 세계가 집에서 국가로, 국가에서 국가 너머의 타지로 확장되는 과정에서 홍길동이 선택한 욕망의 확장을 검토할 수 있는 계기가 되도록 하였다. 다만, 홍길동의 3가지 죄에 대한 심문 과정에서 학습 효과를 높이기 위해 본격적인 심문에 앞서 학습자에게 3가지 죄에 대한 구체적인 쟁점을 설명하고,9) 세부 목표를 부여하도록 설계하였다.

〈표 2〉 챗봇 전개를 결정하는 3가지 죄와 쟁점

구분	첫 번째 죄	두 번째 죄	세 번째 죄
죄의 내용	관상가와 자객을 살해한 죄	도적 무리를 이끌고 해인사와 함경 감영을 도적질한 죄	율도국을 침략하여 전쟁을 일으킨 죄
사건의 쟁점	홍길동은 이에 대해 '정당방위'라고 주장한다.	홍길동은 그들의 재물은 백성들의 재물을 탈취한 것이니 도적질이 아니라 원래 주인인 백성에게 돌려주었을 뿐이라고 주장한다.	홍길동은 이를 두고 난세라서 어쩔 수 없이 행한 의병이었다고 주장한다.

---

9) 3가지 죄에 대해 생각해 볼 여지는 다음과 같다. 첫째, 작품 내의 인물들 간 입장 차이가 있을 수 있다. 작품 내에는 홍길동과 대립하거나 그를 배척하는 인물들이 다수 등장한다. 이뿐만 아니라 홍길동의 입장에서 서술된 서사 이면에 직접적으로 작품에 등장하지 않은 다양한 인물들이 존재한다. 영웅적 인물의 대립항으로서 악인으로 치부된 인물들, 그리고 서사 속에 분명 존재하지만 주목받지 않은 인물들의 시각에서 서사를 다시 살피는 작업은 기존의 고전 소설 학습에서 고정되어 있던 〈홍길동전〉의 서사를 유연하게 만드는 방식이다. 둘째, 홍길동이 추구한 가치와 방법에 대해 현대적인 평가를 시도할 수 있다. 고전소설을 이해할 때 당시의 사회적 배경 및 가치관을 고려하는 일은 당연하다. 그러나 고전소설의 가치가 계승되는 과정에서 작가가 작품을 통해 드러내고자 한 사회적 욕망을 우리가 현대 사회에서 어떻게 받아들이고 새롭게 재해석하는지도 중요하다.

첫 번째 죄에서는 '홍길동의 살인은 자기방어를 위한 목적이었는 가?'를 쟁점으로 삼는다. 홍길동이 관상가와 자객을 죽인 것이 합당한지 판단한다. 이때, 자객은 홍길동에게 직접적으로 상해를 입히고자 하였으나 관상가는 그렇지 않다는 점이 핵심이 된다. 관상가의 경우, 자객과 달리 홍길동이 왕의 관상이라 말했을 뿐이고, 이는 실제로 홍길동이 율도국의 왕이 됨으로써 실현되기 때문이다.

두 번째 죄에서는 '홍길동의 도적질은 정당한가?'를 쟁점으로 삼는다. 그 목적이 사회 정의를 위함이라 하더라도 부당하게 탈취했다면 문제시될 수 있다는 점이 주요 논의 대상이다. 사회 규범에 반하는 사적 정의 실현을 어떻게 바라볼 것인지 고민해야 한다.

세 번째 죄에서는 〈홍길동전〉의 시대적 상황을 고려하여 '전쟁이 불가피하였는가?', 즉, '율도국 정벌이 반드시 필요했는가?'를 쟁점으로 삼는다. 이때, '홍길동이 왜 전쟁을 일으켰는가?', '홍길동의 율도국 정벌 이후 율도국의 변화는 어떠하였는가?', '홍길동의 율도국 정벌 이후 홍길동의 변화는 어떠하였는가?' 등을 물어 밝힐 수 있도록 한다.

2) 제작 단계

프로토타입 제작에는 챗봇 빌더 '단비'를 활용하였다. 단비는 특히 텍스트형 챗봇에 강점이 있는 무료 챗봇 빌더이다. 묻고 답하는 멀티턴 형식의 대화가 가능하고, 챗봇 내에서 이미지, 선택지를 비롯한 다양한 기능을 활용할 수 있다는 점에서 '비주얼 노벨' 장르에 적합하다. 또한 박스와 선을 기반으로 한 직관적인 UI로 인해 비전공자 혹은 비개발자의 접근이 용이하다.[10]

(1) 챗봇 캐릭터 구축

〈홍길동전〉 챗봇 프로토타입은 세 번의 심문 과정이라는 주요 사건을 전개한다. 따라서 사건과 관련된 작품 내 인물을 추려 증인으로 설정해야 한다. 증인 설정을 위해서 로우 데이터를 인물 중심으로 분석해야 하며, 이 인물 분석은 이후 각 캐릭터들의 출력 대사를 결정하는 핵심 근거가 된다.

이름	등장 사건	홍길동과의 관계			사건의 개입 정도	재판 목표	사건에 대한 태도
		태도	이해도	대화 여부			
홍 판서	1번	복합	높음	유	간접	가문의 안위	회피
부인 유 씨	1번	복합	높음	유	간접	가문의 안위	회피
춘섬	1번	우호	높음	유	간접	홍길동의 무죄	옹호
활빈당 도적	2번	우호	중간	유	직접	홍길동의 무죄	옹호
합천 해인사 주지	2번	적대	낮음	유	직접	자신의 비리 은닉	회피
해인사 심부름꾼	2번	중립	낮음	무	간접	공정한 결과	혼돈
관군	2번	적대	낮음	무	직접	홍길동의 유죄	폭로
함경 감사	2번	적대	낮음	유	직접	자신의 비리 은닉	회피
철봉산 지킨 군사	3번	적대	낮음	유	직접	홍길동의 유죄	폭로
율도국 대신	3번	적대	낮음	유	간접	홍길동의 유죄	폭로
율도국 주민	3번	중립	낮음	무	간접	공정한 결과	혼돈
후봉장 마숙	3번	우호	높음	유	직접	홍길동의 무죄	옹호
		감정				목표	행위

〈그림 2〉 인물 기초 분석표

이때, 홍길동에 대한 태도는 캐릭터의 감정에 해당한다. 중립은 적대도 우호도 아닌 감정을, 복합은 적대적이기도 하고 동시에 우호적이기도 한 감정을 나타낸다. 작품에서 우호 감정이나 적대 감정을 드러낸 경우를 판단의 우선 기준으로 삼았고, 작품에 잘 드러나지

---

10) 실제로 과천과학관은 초등학생 대상 챗봇 교육에 단비를 활용하고 있다. 게다가 단비가 제공하는 Function 기능을 통해 Java script를 활용할 수 있다. 이를 통해 원하는 심화 작업이 가능하다.

않는 경우, 홍길동을 얼마나 잘 알고 있는지('홍길동 이해도'), 홍길동을 직접 대면한 적 있는지('홍길동과 대화 여부'), 사건에 얼마나 개입되어 있는지('사건의 개입 정도')를 근거로 삼는다. 홍길동을 잘 알지 못하고('낮음'), 홍길동과 대화를 나눈 적도 없으며('무'), 사건에 개입된 정도도 낮으면('간접') 홍길동에 대해 중립적인 태도를 갖춘 것으로 보았다.

이후 인물의 입장과 상황을 고려하여 개인적 차원의 목표를 설정했다. 마찬가지로 작품 내에 목표가 직간접적으로 제시되는 경우에는 그것을 우선으로 삼았고, 드러나지 않는 경우 죄의 쟁점과 태도를 종합적으로 고려하여 설정하였다.

각각의 인물들이 보여 주는 사건에 대한 태도는 이러한 감정과 목표가 결합하여 표면적인 행위로 드러난다. 태도는 개인 혹은 집단을 보호하기 위해 사건의 전말이 드러나는 것을 회피하는 형태(회피), 홍길동의 무죄를 위해 적극적으로 홍길동을 옹호하는 형태(옹호), 홍길동의 유죄 판결을 위해 적극적으로 홍길동의 죄를 폭로하는 형태(폭로), 홍길동이나 사건에 대해 잘 알지 못하는 중립의 형태(혼돈), 총 4가지로 구분하였다.

(2) 주요 사건과 질문

캐릭터를 구축한 다음에는 심문을 진행하기 위해 필요한 질문을 설정하여 챗봇의 내용을 구체화해야 한다. 질문은 아이디어 설계-로우 데이터 분석-스크립트 작성이라는 세 단계를 거쳐 확정된다. 작품의 분석 방향을 설정하고, 아이디어에 맞추어 로우 데이터를 분석한 뒤, 이를 적절히 가공하여 질문 스크립트를 작성하는 것이다.

<표 3> 질문 아이디어 표(죄①)

아이디어 ①	본인에 대해
	길동의 출생에 대해
	길동의 어린 시절에 대해
	관상가와의 대화 이전 상황에 대해
	관상가와의 대화에 대해
	관상가와의 대화 이후에 대해
	길동의 불만에 대해
	길동의 출가 결심에 대해
	길동이 죽을 뻔한 일에 대해
	길동이 계략의 진상을 알게 된 일에 대해
	길동이 출가한 것에 대해

질문 스크립트를 작성하기 이전 챗봇의 실제 플레이 타임과 오픈 소스 챗봇 빌더에서 사용할 수 있는 저장 용량을 고려하여, 심문 과정에서 학습자가 질문할 수 있는 횟수를 3번으로 한정하였다. 이후 질문 3개를 설정하고, 각각의 대답과 추가 질문을 구성하여 이용자의 선택에 대한 평가가 곧바로 이루어지도록 했다.

학습자의 선택에 대한 인물들의 피드백은 학습자가 챗봇 진행의 방향성을 스스로 제고·수정하도록 유도한다. 본 프로토타입에서는 총 아홉 번의 선택에 대하여 학습자가 아홉 번의 즉각적인 피드백을 받을 수 있도록 하였다. 피드백은 학습자의 선택을 평가하고, 보조 인물 '춘향'을 통해 추가적인 쟁점을 제시하는 것으로 구성하였다. 이 과정에서 학습자는 자신의 선택이 즉각적으로 반영됨을 확인할 수 있다. 이는 학습자가 챗봇 내 자신의 역할과 일체감을 느끼도록 하고, 이후로도 챗봇 과정을 계속해서 진행해 나가는 심리적 기반이 된다(Mihaly Csikszentmihalyi, 이희재 역, 2010).

심문을 시작하기에 앞서, '춘향'을 통해 증인당 총 3번의 질문 기회를 얻으며 선택된 질문은 번복 없이 판결에 반영된다는 설명 대사를 출력하여 학습자들이 해당 콘텐츠 학습에 책임감을 느끼고 진행하도록 유도하였다. 즉, 학습자는 제시된 두 가지 심문 가능한 질문 중 목표 달성에 유리하다고 판단한 질문을 선택하는 방식으로 인 게임 스토리를 진행하고, 학습자의 선택에 따라 증인의 답변 및 판사의 태도가 결정된다.

탐경 감사				
질문 1	질문	대답	질문	대답
o [당시 상황에 대해 물어볼까?]	[당신은 증인에게 홍길동이 탐경 감영을 도적질할 당시 상황을 물습니다.]	[탐경 감사] 왕롤에 빛이 노으니 급히 불을 끄라는 말에 장꾸에 부리나케 나갔습니다. 백성들을 죄다 불러 모아서 불을 끄라 가니 창고에는 노인들만 남아 있었고요. 그 불을 다서 홍길동이 도적질을 했습니다. 불을 끄고 돌아와니 창고를 지키던 군사가 그 사실을 말해 주더군요.	[춘향이 잠시 생각하다 손을 들고 물습니다. '왕롤에 빛이 난다고 전한 사람은 누구 죠? 목소리를 기억하고 있나요?']	[탐경 감사] 어? 그러고 보니 관군들 중에서 들어 본 적 있는 목소리는 아니었습니다! 홍길동! 홍길동의 목소리가 맞아요!
x [당시 심정에 대해 물어볼까?]	[당신은 증인에게 도적질당할 당시의 심정을 물습니다.]	[탐경 감사] 그야 당연히 황망하고 분했지요.		
질문 2	질문	대답	질문	대답
o [홍길동과 그 수하들이 무엇을 훔쳤는지 물어볼까?]	[당신은 증인에게 홍길동이 무엇을 훔쳤는지를 물습니다.]	[탐경 감사] 창고를 지키던 군사의 말로는 군기와 곡식을 도적질해 갔다고 했습니다.	[춘향이 깜짝 놀라 물습니다. '무기요?']	[탐경 감사] 예? 어떻게 물을 껐냐고요? 홍길동이 감영 복문에 직접 '창고의 곡식과 무기를 도적한 자는 활빈당 당수 홍길동이다.'라고 써 붙이기까지 했습니다.
x [불을 끄기 위해 어떻게 했는지 물어볼까?]	[당신은 증인에게 어떻게 불을 껐는지를 물습니다.]	[탐경 감사] 예? 어떻게 불을 껐냐고요? 그야 사람들을 모아 다 같이 껐지요.		
질문 3	질문	대답	질문	대답
o [홍길동이 탐경 감영을 도적질한 이후에 무엇을 했는지 물어볼까?]	[당신은 증인에게 홍길동이 탐경 감영을 도적질한 이후의 행적에 대해 물습니다.]	[탐경 감사] 허수아비 여럿을 만들어 전국 팔도에서 도적질을 하며 아주 난리도 아니 었습니다.	[춘향이 접사가 물습니다. '죄를 반성하기 논커녕 더 활개를 치며 도적질을 했군요!']	[탐경 감사가 고개를 끄덕입니다.]
x [홍길동이 왜 탐경 감영을 도적질했는지 물어볼까?]	[당신은 증인에게 탐경 감영을 도적질 했는지 이유를 물습니다.]	[탐경 감사가 곤란한 듯 됨말합니다.]		

〈그림 3〉 질문 스크립트

학습자가 목표를 달성하기 위해서는 작품의 서사 전반에 대해 파악하고, 증인과 홍길동과의 관계, 증인의 사건 개입 정도를 추론해야 하며, 나아가 '홍길동의 재판'이라는 특수한 상황 속에서 〈홍길동전〉을 새롭게 이해해야 한다. 구체적으로는 쟁점과 증언이 〈홍길동전〉이라는 작품에 기반하고 있으므로 학습자들은 출력 대사를 이해하기 위한 문해력을 요구받는다. 또한 재판이라는 설정에 맞추어 챗봇을 진행하기 위해서 학습자는 작품의 표면에 드러난 내용에서 나아가 인물과 사건의 심층을 탐구해야 한다.[11] 그리고 서사 요소를 개연적 상상력으로 재구성하여 서사 전개의 다양한 가능성을 조합해야 한다.

	(관군에게 연락한 일에 대해서 물어볼까?)	
중간 분기(질문 2) 스크립트	질문 스크립트 출력	[춘향이 증인에게 묻습니다. "홍길동 이 도적질하는 것을 보고 관군에게 신 고한 사람이 당신이라면서요?"]
	대답 스크립트 출력	[하인이 심드렁하게 대답합니다. "예. 그랬죠. 제가 관군을 부르러 헐 레벌떡 뛰었습니다."]
	[당신은 하인의 말을 듣고 생각에 잠깁니다. 법정에는 당시 홍길동을 쫓았던 관군들도 와 있습니다.]	
돌발 시나리오 스크립트	(계속 하인을 심문한다.)	(증인을 바꿔 관군을 심문한다.)
	기존 시나리오 진행	돌발 시나리오 진행

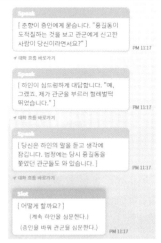

〈그림 4〉(위) 돌발 시나리오(증인 변경) 스크립트, (아래) 제작 단계에서 실제 구현된 모습

이뿐만 아니라 흥미 유발 장치로서 학습자가 예상치 못한 돌발 시나리오를 마련하였다. 예컨대, 두 번째 재판에서 해인사의 하인을 선택한 학습자는 재판 도중 관군으로 증인을 교체할 수 있다. 그리고 세 번째 재판에서 증인 '후봉장 마숙'은 홍길동의 측근이지만 홍길동의 유죄 증거를 찾을 수 있는 인물로 설정하였다. 마숙은 홍길동에게 우호적인 인물이므로 유죄 판결에 불리하다고 판단할 수 있는데,

11) 목표 달성에 필요한 정보를 얻기 위해서 판결에 유의미한 질문들을 솎아내는 작업은 추론력을 동반한다. 이러한 종합적 사고를 바탕으로 학습자는 작품을 주체적으로 새로 이 감상할 수 있다.

오히려 마숙으로부터 증거물 '율도국으로 보낸 격서'를 획득할 수 있게 하였다. 이러한 비틀기는 학습자의 흥미를 고취시킬 뿐만 아니라 학습자가 예상과 확인의 과정을 거듭하며 새롭게 플롯을 이해하는 데 도움을 준다.

세 번째 판결: 증인 '철봉산 군사' 심문 결과

유죄 판결 스크립트: X 출력 이후 O 출력		
증거/증언 번호	무죄 증거 획득(X)	유죄 증거 획득(O)
1	피고 홍길동이 전쟁을 일으켰다고는 하나 그 피해 규모가 작습니다.	피고 홍길동은 군사를 이끌고 먼저 율도국으로 쳐들어가 공격했습니다.
2	피고 홍길동이 필요한 전쟁에서 율도국 주민과 같은 민간인 피해자는 적습니다.	율도국은 원래 왕이 있고 비옥한 땅이 있던, 살기 좋은 평화로운 나라였습니다.
3	피고 홍길동이 전쟁을 일으켰다고는 하나 그 피해 규모가 적습니다.	율도국은 원래부터 태평하고 넉넉하였으니 홍길동이 '난세'라서 어쩔 수 없었다고 주장한 것은 이치에 맞지 않습니다.
	하지만!	따라서 피고 홍길동에게 '유죄'를 선고합니다.

무죄 판결 스크립트: O 출력 이후 X 출력		
증거/증언 번호	유죄 증거 획득(O)	무죄 증거 획득(X)
1	피고 홍길동은 군사를 이끌고 먼저 율도국으로 쳐들어가 공격했습니다.	피고 홍길동이 전쟁을 일으켰다고는 하나 그 피해 규모는 매우 작습니다.
2	율도국은 원래 왕이 있고 비옥한 땅이 있던, 살기 좋은 평화로운 나라였습니다.	피고 홍길동이 일으킨 전쟁에서 율도국 주민과 같은 피해자는 사실상 없습니다.
3		또한 피고 홍길동이 율도국을 다스린 이후 태평성대가 왔음은 이미 자명한 사실입니다.
	하지만!	따라서 피고 홍길동에게 '무죄'를 선고합니다.

〈그림 5〉 판결문 스크립트 예시[12]

이후, 위와 같이 각각의 질문을 선택했을 때 출력될 판결문 스크립트를 작성했다. 유무죄에 따라 판결문을 다르게 제시하여야 하므로 입장 차이를 고려하여 판결문을 작성할 필요가 있다.

---

12) 시스템에 따라 좌측 판결문은 0개 혹은 1개만이 출력된다. 이로 인해 존재할 수 있는 중복값은 노란색 셀로 표시하였다.

(3) 챗봇의 진행

제작 단계에서 프로토타입의 대화 흐름을 구상할 필요가 있다. 대화 흐름은 Listen 노드를 통해 파악한 챗봇 이용자의 의도를 대화 주제로 이해하고, 이에 대해 챗봇의 진행 흐름을 결정하는 이야기 단위를 말한다. 본 프로토타입은 크게 '시작', '전개', '최종'으로 이루어졌다. '시작'은 인 게임 내러티브의 프롤로그, '전개'는 주요 진행 내용, '최종'은 에필로그에 해당한다. '시작'에서는 챗봇을 진행하는 데 필요한 정보들을 전달한다. 상황, 목표, 진행 과정 등을 안내하여 이용자의 이해를 돕는다. '전개'에서는 게임 진행을 위해 심문과 판결을 진행한다. 쟁점을 설명하고, 증인을 선택하여, 심문한 뒤, 판결

〈표 4〉 챗봇 프로토타입의 대화 흐름 구성

구분	세부 구분	대화 흐름명	목적
시작(3개)		시작	이후 '설명 시작' 여부 파악
		설명 시작	상황 및 목표 제시
		재판 시작	목표 확인 후 진행 과정 안내
전개(20개)	첫 번째 재판 (6개)	첫 번째 재판	첫 번째 쟁점 안내, 추가 설명
		증인 선택	심문 설명, 증인 선택
		증인 심문(3개)	증인과의 대화
		판결	유무죄 판결
	두 번째 재판 (7개)	두 번째 재판	두 번째 쟁점 안내, 추가 설명
		증인 선택	심문 설명, 증인 선택
		증인 심문(4개)	증인과의 대화
		판결	유무죄 판결
	세 번째 재판 (7개)	세 번째 재판	세 번째 쟁점 안내, 추가 설명
		증인 선택	심문 설명, 증인 선택
		증인 심문(4개)	증인과의 대화
		판결	유무죄 판결
최종(1개)		최종	인 게임 내러티브 마무리, 다회차 체험 유도 및 안내

을 진행하는 것이 하나의 진행 과정이 된다. '최종'에서는 인 게임 내러티브를 마무리하며, 다회차 체험을 통한 심화 학습을 유도한다. 이러한 구분을 바탕으로 구상된 대화 흐름은 총 24개이다.

① 시작 단계

〈그림 6〉 (좌) 대화 흐름 [시작] 화면, (우) 선택지에 연결된 대화 흐름

대화 흐름 [시작]에서는 보조 인물 '춘향'을 통해 학습자가 자신이 '검사' 역할을 맡았다는 것을 인식하게 하였다. 이후 학습자의 선택에 따라서 대화 흐름 [설명 시작]을 통해 구체적인 상황과 목표를 제시할지, 혹은 설명을 생략하고 바로 대화 흐름 [재판 시작]으로 넘어가 재판을 바로 진행할지가 결정된다.

[설명 시작]에서는 보조 인물 '춘향'을 소개하고 '홍길동의 재판날'이라는 시공간적 배경을 설명했다. [설명 시작] 이후, 마찬가지로 대화 흐름 [재판 시작]으로 연결된다. 이때, 학습자는 '법정'이라는 공간에서 '유죄 판결'이라는 구체적인 목표를 안내받는다. 이후에는 증인 선택과 질문 선택에 대한 설명을 통해 진행 과정을 알 수 있다.

〈그림 7〉 (좌) 대화 흐름 [설명 시작], (우) 대화 흐름 [재판 시작]

② 전개 단계

〈그림 8〉 (좌) 대화 흐름 [두 번째 재판]의 출력 대사 일부, (우) 대화 흐름 [두 번째 재판]의 추가 설명 이미지[13]

안내 이미지를 이용해 재판의 시작을 학습자에게 알린다. 이후 선택지를 제시하여 재판에 대한 추가 설명 여부를 결정하도록 한다. 추가 설명을 통해 학습자가 재판 내에서 쟁점이 되는 요소를 세부적으로 인지할 수 있도록 하였다.

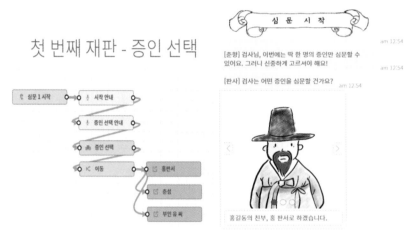

〈그림 9〉 (좌) 증인 심문 과정의 설계 구조, (우) 좌측 설계 구조의 실제 구현

심문은 크게 증인 선택, 질문 선택, 판결 확인의 단계로 구성하였다. 증인을 선택하면 선택한 증인에 해당하는 대화 흐름으로 연결된다. 이때, 증인에 따라 질문이 달라질 수 있도록 하였고, 증인 교체나 증거물 획득 같은 돌발 사건을 구성하여 학습자가 흥미를 잃지 않도록 하였다.

---

13) 좌측 사진의 상황에서 '아뇨, 잘 모르겠는데요….'를 선택하면 출력되는 이미지이다.

첫 번째 재판 - 증인 심문(홍 판서)

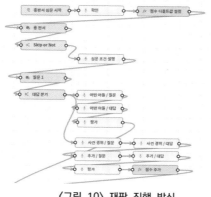

〈그림 10〉 재판 진행 방식

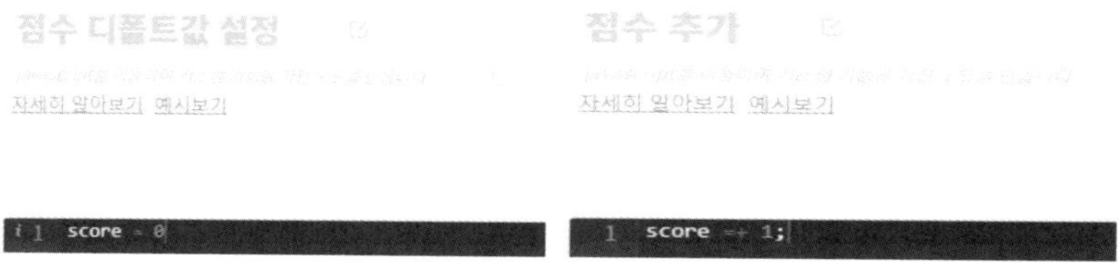

```
i | score - 0
```

```
1 | score += 1;
```

〈그림 11〉 점수 계산 방식

이 과정에서 이후 판결로 이어지기 위해 다음과 같은 장치를 마련하였다. 첫째, 변수 score를 활용하여 점수를 계산하였다. 매 재판마다 score는 0점으로 초기화되며, 알맞은 질문을 할 때마다 1점씩 늘어난다. 세 번의 질문 기회 이후 2점 이상이면 목표를 달성했다고 판단하여 유죄, 2점 미만이면 목표 달성에 실패했다고 판단해서 무죄의 판결을 경험한다. 둘째, 학습자가 선택한 질문에 따른 판결문을 위해 질문마다 각각 question1, question2, question3의 변수를 지정했다. 학습자가 알맞은 질문을 고를 경우 'o', 부적절한 질문을 고를 경우 'x' 값을 가진다.

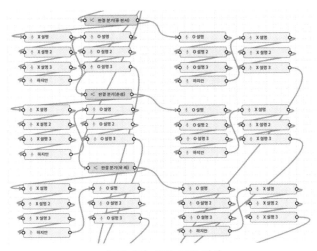

〈그림 12〉 판결 진행 방식

〈그림 13〉 판결 분기 예시

　판결 단계는 학습자가 선택한 증인과 질문에 따라 다르게 진행된
다. 이를 위해 앞서 증인 선택 과정에서 변수 who를 통해 값을 입력
받아 증인 분기점을 마련하였고, 이후 변수 sin_yesorno를 통해 유무

죄 여부를 확인했다. 앞서 이용자의 선택에 따라 입력된 question 변수의 값에 따라 판결문 각 문장의 출력 여부를 결정하도록 하였다.

③ 최종 단계

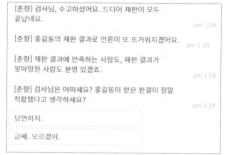

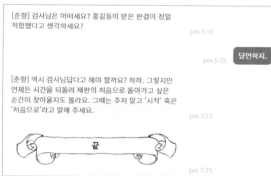

〈그림 14〉 대화 흐름 [최종]의 출력 대사 일부

대화 흐름 [최종]에서는 대사 출력을 통해 인 게임 내러티브를 마무리했다. 이후 자연스럽게 학습자의 다회차 체험을 유도하고 그 방법을 안내했다.

4) 시범 및 수정

시범 단계는 다음과 같이 진행하였다. 첫째, 제작된 챗봇이 원활하게 구동되는지 확인하였다. 만약 챗봇의 동작이 멈추거나 잘못된 대사가 출력되는 등의 오류가 있다면 이를 수정 및 보완하였다. 예컨대, 챗봇 시범 구동 중 잘못된 스크립트와 내부 문제로 인해 동작이 멈추는 오류를 발견하여 수정하였다. 우선 단 한 번의 질문 기회에 대해 '첫 번째 질문'이라고 출력한 것을 '질문'으로 변경하였다. 그리고 두 질문 모두 유죄 판결에 필요한 점수를 획득할 수 있는 상황에서 변수의 입력값을 혼동하는 문제를 해결하기 위해 다른 설계 구조를 적용하였다. 그 결과, 변수(question3)에 각각 동일한 값(o)을 입력

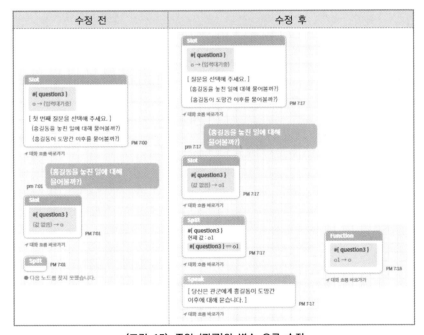

〈그림 15〉 증인 '관군'의 변수 오류 수정

받되 받은 메시지를 기준으로 게임을 진행했던 기존 구조가 변수 (question3)에 각각 다른 값(o1, o2)을 입력받았다가 심문 진행 이후 판결에 필요한 값(o)으로 바꾸는 구조로 변경되었다.

둘째, 챗봇 내에 장치들의 효과가 제대로 전달되는지 확인하였다. 장치들을 구성 및 설계할 때 목적으로 삼았던 요소가 제대로 전달되지 않은 이유를 파악하고, 이를 해결하기 위해서 장치들을 전면 수정할 것인지 혹은 부분 수정할 것인지 검토하였다. 이때, 장치의 배치 등도 고려 대상이 된다. 실제로 챗봇 시범 이후에 다회차 체험을 유도하는 정도가 부족하다고 판단되어 관련 스크립트를 수정하였다. 그 결과, 재시작 방법을 안내하는 대사만 출력되던 스크립트에 구체적으로 재시작을 권유하는 대사들이 추가되었다.

〈홍길동전〉 재판 챗봇 프로토타입은 현재 위의 단계를 거쳐 제작이 완료되었다. 챗봇은 오픈 소스 챗봇 빌더 '단비'를 통해 접근할 수 있다. 현재는 공개된 링크를 통해서만 접속할 수 있으나[14] 이후 카카오톡이나 페이스북 메신저 등의 소셜네트워크 서비스와 연결하여 접근성을 높이는 방안을 고려하고 있다.

4. 챗봇 프로토타입의 학습적 효과와 의의

챗봇 프로토타입 개발의 교육적 성과는 학습자와 제작자 두 측면

---

14) 〈https://frogue.danbee.ai/?chatbot_id=7a5cc9d0-74f9-496e-be68-a22010681027〉 해당 URL을 통해 '단비'가 제공하는 'Frogue' 서비스를 이용하여 챗봇 프로토타입에 접근할 수 있다. URL 단축 서비스인 '비틀리'를 이용해 축약한 주소는 〈https://bit.ly/37f7CrW〉 이다.

에서 살펴볼 수 있다. 먼저 학습자는 챗봇을 활용하여 컴퓨팅 사고와 고전소설 재맥락화를 융합하는 주체적 체험을 경험한다. 학습자는 챗봇을 체험하며 기존의 줄거리 위주의 선형적 서사 도식으로 이해되었던 고전소설을 새롭게 탐색하게 된다. 인과 관계나 시간순으로 나열된 것이 아닌 여러 인물들의 진술을 통해 해체된 서사를 주체적으로 재맥락화하며 새로운 서사의 가능성을 확인할 수 있다. 학습자가 주체적으로 스토리를 재배열하며 자신만의 의미를 부여하는 서사 체험인 것이다.

그리고 제작자는 챗봇 개발 과정을 통해서 고전소설과 챗봇 코딩의 융합 교육을 체험한다. 챗봇 제작은 컴퓨팅 사고를 기반으로 하여 고전소설 서사를 해체하고 편집·결합하여 재구성하는 과정이라 할 수 있다.

첫째, 서사의 해체는 긴밀하게 연결된 하나의 서사를 어떻게 나눌 것인가 고민하는 작업이다. 이는 컴퓨팅적 사고에 기반한 독창적 서사 이해에 해당한다. 즉, 챗봇을 계획하는 과정에서 챗봇의 형식과 콘셉트에 맞추어 작품을 분석하는 방식이자 동시에 어떻게 데이터화할 것인지 구체화하는 것이다. 챗봇을 제작하기 위해서는 제작자가 고정된 서사를 챗봇의 형식과 콘셉트에 맞는 서사 단위로 새롭게 잘라내야 한다. 이 논문에서는 〈홍길동전〉을 각 사건에 연루된 인물들의 감정과 태도, 행위를 중심으로 홍길동의 3가지 죄를 기준 삼아 서사의 해체를 진행하였다.

둘째, 서사를 해체한 이후에는 서사 구성 요소를 어떻게 가공할 것인지를 고민하는 서사의 편집·결합을 경험하게 된다. 분해된 로우 데이터를 챗봇에 활용하기 위해서는 배열에 앞서 데이터를 목적에 맞게 가공해야 하기 때문이다. 따라서 분해된 서사를 어떻게 활용할지 가공의 방향을 설정하고, 작가에 의해 주어진 서사를 제작자의 방식으로 스토리텔링하는 과정이 필요하다. 가령 개발된 프로토타입에서 로우 데이터로 삼은 〈홍길동전〉은 앞서 챗봇의 형식과 콘셉트에 맞추어 분해되었지만 여전히 영웅적 인물인 홍길동을 중심으로 서술되어 있다. 이렇게 작가에 의해 주어진 홍길동의 서사는 챗봇을 제작하며 데이터를 가공하는 편집 과정에서 '증언'이라는 새로운 형식으로 재탄생한다. 작품 내 인물들의 관점에서 사건을 입체적으로 재해석하는 것이다.

셋째, 제작자는 서사를 재맥락화하는 과정을 경험한다. 재맥락화는 '왜'와 '어떻게'라는 질문을 바탕으로 유추와 추론을 통해서 스토리텔링을 재구성하는 방식이다. 제작자는 재맥락화 과정에서 편집된 서사를 어디에 언제 어떻게 배치할 것인가, 즉 자신이 구상한 이야기를 설계된 챗봇을 통해 '어떻게' 전달할 것인가, '왜' 이렇게 전달해야 하는가를 고민해야 한다. 이 논문에서 제작한 챗봇 프로토타입은 비주얼 노벨이라는 장르적 특성과 재판이라는 형식을 활용하여 크게 3번의 심문과 증인들, 그리고 3번의 질문 기회에 해당하는 구체적인 챗봇의 흐름을 설정하였다. 이를 바탕으로 질문 스크립트와 판결문 스크립트를 제작하였고, 이후 챗봇을 직접 제작하는 단계에서 오픈 소스 챗봇 빌더를 활용하여 구체화하였다.

이 과정에서 제작자는 작품을 수동적으로 수용하는 독자에 남아 있는 것이 아니라, 직접 서사에 개입하고 참여하는 창작자의 역할을 동시에 경험하게 된다. 이러한 역할 반전은 완성된 챗봇을 체험하며 서사에 개입하고, 서사를 통제하는 경험을 통해 주체적으로 의미를 탐색하는 과정으로 이어진다.

'해체–편집·결합–재구성' 과정의 챗봇 제작은 고전소설 교육과 공학 영역의 실제적이고 직접적인 융합으로 기능한다. 특히 인문학 교육에서 처음부터 알고리즘 이해나 컴퓨팅 사고를 받아들여 활용하기 쉽지 않고, 아직까지는 공학 영역의 기술적 한계도 존재한다. 이러한 상황에서 오픈 소스 챗봇 빌더를 활용한 챗봇의 구현과 제작 경험은 비교적 효과적으로 컴퓨팅 사고에 기반한 고전소설의 이해를 돕는다. 이를 통해 고전소설은 공학을, 공학은 고전소설을 이질적으로 여겼던 것을 넘어 인공지능 시대의 새로운 융합 교육의 가능성을 제시할 수 있다.

또한 챗봇의 체험자로서 챗봇의 목표를 수행하며 고전소설을 학습하는 과정에서의 교육적 의의가 있다. 기존 고전소설 교육에서 학생들은 문학 교육의 일방적 수용자에 그치고, 이는 이후 대중이 고전문학에 느끼는 거리감이나 부정적 인식으로 이어질 수 있다. 그러나 챗봇 체험은 스스로 작품을 이해하고 자신의 추론과 상상력으로 고전소설을 재맥락화하는 과정을 제공한다. 따라서 이러한 방식은 학습자가 고전소설을 주체적으로 탐색하고 의미화하도록 하여 학습자 중심의 고전소설 교육을 가능케 한다. 기존 고전소설 교육이 지닌 문제점을 컴퓨팅 사고와의 융합 교육을 통해서 극복할 수 있는 것이다.

5. 결론

과학 기술의 발전과 함께 고전문학에서도 다양한 융합적 시도들이 이어지고 있다. 그러나 고전소설을 비롯한 문학 교육에 있어서는 공학 분야와의 융합은 여전히 미흡한 실정이다. 이 글에서는 이에 대한 대안으로 고전소설 교육과 컴퓨팅 사고를 융합하는 실제적 시도로서 챗봇 프로토타입을 제시하였다. 특히 기존 고전소설 교육의 문제점들을 해결하기 위한 방법으로서 컴퓨팅 사고의 접목이 효과적일 수 있음을 밝히고자 했다.

줄거리 위주의 선형적 서사 도식을 탈피하기 위해서는 학습자 스스로 작품에 의미를 부여하는 재맥락화가 필요한데, 이를 유도하는 방식으로 제시된 것이 비주얼 노벨 형식의 〈홍길동전〉 챗봇 프로토타입이다. 이 챗봇은 학습자가 서사에 직접 개입하고, 서사를 수정 및 통제하여 주체적으로 서사를 탐색하는 경험을 제공하기 위해 설계·제작되었다. 〈홍길동전〉 챗봇 프로토타입은 구상 단계에서 챗봇의 기본 형식과 시놉시스, 설계 장치들이 고안 및 구체화된다. 이후 설계 단계에서 주요 설계 요소와 장치들을 설정하고 홍길동의 3가지 죄라는 핵심 사건들을 구성하였다. 그리고 캐릭터 구축, 질문 스크립트 작성, 챗봇 빌더를 이용한 실제 구현 등을 제작 단계에서 진행하였다. 이후 시범 및 수정 과정을 통해 챗봇 구동과 장치의 적절성 등을 확인하였다.

이 논문은 다음과 같은 시사점을 갖는다. 첫째, 고전소설 교육과 공학 영역의 접점을 마련하여 거리를 좁히고자 위한 시도로서의 의의가 있다. 특히 고전소설의 공학적 빅데이터화 이전 단계에서 융합적 연구의 가능성을 보여주었다. 둘째, 고전소설 융합 교육의 새로운 가능성을 제시하였다. 기존 고전소설 교육의 문제를 컴퓨팅 사고라는 전혀 다른 방식의 이해로 극복할 수 있는 대안으로서 의미를 지닌다.

그러나 다음과 같은 한계와 문제점이 있다 첫째, 프로토타입의 개발에 있어 직접 알고리즘을 개발하는 것이 아니라 오픈 소스 챗봇 빌더를 활용하는 데서 오는 한계가 있다. 그러나 공학 비전공자가 알고리즘의 이해, 과정과 절차 중심의 사고 등을 이해하기 위해서는 직관적이고 간단한 챗봇 빌더의 특성이 분명 효과적이라고 할 수 있다. 둘째, 챗봇을 제작하는 과정에서의 학습 효과는 제시하였지만, 체험자 측면의 학습적 효과 검증이 미흡하다. 챗봇 프로토타입의 체험 경험을 질적 혹은 양적으로 조사하여 실용적 가치를 검증하고 발전시킬 필요가 있다.

따라서 향후에는 이를 보완한 후속 연구를 통해 본격적인 빅데이터 축적이나 알고리즘 구상을 통해 발전된 형태의 챗봇을 개발하고, 챗봇 체험의 학습 효능을 구체적으로 연구하고자 한다. 또한 학습자 주도의 챗봇 제작 교육 프로그램을 구축하고, 이를 통한 교육적 효능을 검증하고자 한다. 이를 통해 고전소설 교육과 컴퓨팅 사고의 융합을 학문적·실용적 측면에서 확장하고, 발전시킬 수 있을 것이다.

참 고 문 헌

고운기(2018), 「공존의 알고리즘: 문화융복합 시대에 고전문학 연구자가
    설 자리」, 『우리문학연구』 58, 우리문학회, 7~28쪽.

교육과학기술부(2015), 「2015 개정 국어과 교육과정」, 교육과학기술부,
    66~166쪽.

김성문(2018), 「인공지능 시대와 고전문학」, 『문화와 융합』 40(6), 한국문화
    융합학회, 12~154쪽.

김종철(2018), 「과학·기술 주도 시대의 고전문학교육」, 『문학교육학』 59,
    한국문학교육학회, 14~15쪽.

김형주·이찬규(2019), 「포스트휴머니즘의 저편: 인공지능인문학 개념 정립
    을 위한 시론」, 『철학탐구』 53, 중앙대학교 중앙철학연구소, 51~80쪽.

박주희(2019), 「창의융합교육을 위한 게이미피케이션(Gamification)의 개념
    적 토대 연구」, 『인격교육』 13(1), 한국인격교육학회, 43~57쪽.

이명현(2018), 「SF영화에 재현된 포스트휴먼과 신화적 상상력」, 『문화와
    융합』 40(3), 한국문화융합학회, 1~28쪽.

이명현(2015), 「고전소설 리텔링(Re-telling)을 통한 창의적 사고와 자기표현
    글쓰기」, 『우리문학연구』 48, 137~161쪽.

이명현(2020), 「플립드 러닝을 적용한 고전소설 수업 사례 연구」, 『어문론집』
    84, 중앙어문학회, 249~285쪽.

이명현·유형동(2019), 「인공지능 시대에 고전문학을 활용한 창의적 표현
    교육 방안 연구: 고전서사 리텔링을 중심으로」, 『문화와 융합』 41(5),
    한국문화융합학회, 1~28쪽.

황윤정(2020), 「2015 개정 교육과정에 따른 고등학교 국어·문학 교과서의 고전문학 제재 수록 양상 연구」, 『문학교육학』 66, 한국문학교육학회, 171~221쪽.

Mihaly Csikszentmihalyi, 이희재 역(2010), 『몰입의 즐거움』, 해냄출판사.

J. M. Wing(2006), "Computational thinking", *Communications of the ACM*, 49(3), pp. 33~35.

제2장 <토끼전> 챗봇 개발을 통한 고전소설과 컴퓨팅 사고의 융합

1. 서론

오늘날 현대인의 삶은 과학 기술의 발전, 특히 정보 통신, 인공지능, 빅데이터 등 4차 산업혁명의 영향으로 급속하게 변화하고 있다. 정보 통신 기술(ICT)의 발전으로 경제·사회 전반에서 융합(convergence)이 이루어지면서 '초연결', '초지능', '초융합' 등 혁신적인 변화가 나타나고 있다.

이러한 사회 변화는 인문학에도 중요한 시사점을 준다. 현재 전통적인 방식의 인문학으로 해결하기 어려운 사회 현상과 패러다임이 등장하고 있다. 이를 대표적으로 보여주는 사례가 인공지능이라 할 수 있다. 인공지능이 인간의 역할을 대체해가면서 인간의 존재가치에 대한 근본적 질문을 던지고 있다. 인간의 능력을 능가하는 기술의 발전이 이루어지고 있으며, 감정과 정서, 창작 등 인간의 고유 영역이라 여겨지는 분야 또한 인공지능을 통해 구현하고자 하는 시도가 계속되고 있다. 인간은 한편으로는 인공지능을 두려워하면서도, 한편으로는 인공지능의 도움 없이는 편리함을 누리지 못한다.

　인간은 과거에 경험하지 못한 새로운 상황에 직면하여 인간에 대한 이해에 새롭게 접근할 필요가 있다. 이제 인간은 인공지능을 이해하고, 인공지능과 더불어 살아가야만 하는 상황이다. 따라서 인문학 연구에서 변화한 사회를 이해하고 분석하기 위하여 과학 기술과의 융합적인 관점을 제시하고, 새로운 방법론으로 텍스트를 해석하려는 시도가 필요하다.[1) 특히 디지털, 빅데이터 등 새로운 환경에서 성장한 디지털 네이티브 혹은 MZ 세대라 불리는 젊은 세대를 이해하고, 그들에게 적합한 방식의 인문학 방법론을 고민해야 한다.

　인문학과 과학 기술의 융합이 요구될수록 필수적인 것이 컴퓨팅 사고를 인문학에 적용하는 것이다.[2) 그동안 인문학과 컴퓨팅 사고는 별개의 이질적인 분야로 간주되었다. 그러나 컴퓨팅 사고의 알고리즘에 나타나는 '과정과 절차 중심'의 문제 해결 방식은 인문학에서 연구 대상을 분석하고 이해하는 과정에서 구현되는 유형화와 의미화에 대응될 수 있다(이명현·유형동, 2019: 665~666). 컴퓨팅 사고는 논리적 사고를 기반으로 하는 '추론 과정'이다. 학습자는 컴퓨팅 사고를 통해 일련의 과정을 배열하고 체계화하는 능력을 향상시킬 수 있다. 컴퓨팅 사고는 대상을 합리적, 효율적으로 구조화할 수 있지

---

1) 인문학에서도 인공지능 시대의 인문학의 방향을 탐색하고, 인문학 연구 영역을 재편하고자 하는 연구가 진행 중이다(김형주·이찬규, 2019: 51~80 참조).
2) 교육 당국에서도 이러한 변화를 수용하여 2019년부터 초등 교과과정에 소프트웨어 교육을 포함하였고, 소프트웨어에서 코딩이 실생활에 어떻게 사용될 수 있는지를 교육하고 있다. 소프트웨어의 작동 과정 이해하여 여러 문제를 해결할 수 있는 컴퓨팅 사고력의 증진을 목표로 삼고 있다(교육부, 2015: 96).

만, 주어진 자료를 대상으로 한정된 범위 내에서 분석하여 창의적 융합과 사고의 확장에는 한계가 있다. 인문학은 인간의 삶과 사상 등 인간 자체를 대상으로 하는 학문이다. 사고의 대상과 확장에는 제한이 없지만, 연구 대상을 객관화하는 데 일정 정도 한계가 있다.[3]

인문학 연구에서 컴퓨팅 사고의 '과정과 절차 중심'의 문제 해결 방법론을 적용하여 두 분야를 융합한다면, 인문학과 컴퓨팅 사고가 지니는 각각의 한계를 보완하는 실마리를 마련할 수 있을 것이라 생각한다. 이 글에서는 이와 같은 문제 의식을 가지고 고전소설 이해에 컴퓨팅 사고를 적용하고자 한다. 특히 컴퓨팅 사고를 적용한 구체적 결과물을 산출하여 실질적으로 활용 가능한 방안을 찾고자 한다. 이를 위하여 챗봇 기반의 오픈 소스 '단비 AI'를 활용한 〈토끼전〉 챗봇을 연구 개발하고자 한다.[4]

인문학과 컴퓨팅 사고의 융합을 인문학 연구 전반에 적용하는 것은 범위가 너무나 방대하여 연구자 개인의 역량으로 감당하기 어렵다. 따라서 본 연구자의 전공을 고려하여 연구의 첫 단계로 고전소설

---

3) 인문학의 텍스트 해석 과정에서 연구자의 직관과 통찰이라는 주관성이 작동할 수밖에 없다. 직관과 통찰은 언어 혹은 논리 구조로 표현되기 이전의 뇌의 연산에 따른 일종의 알고리즘이라 할 수 있다. 연구자의 직관과 통찰은 논리적 사고와 객관화를 추구하지만, 연구자 개개인의 주관적 경험이 축적된 결과를 바탕으로 하기 때문에 연구자마다 해석의 차이가 발생한다. 연구자의 주관적 해석은 다른 연구자의 주관적 해석과 충돌할 수밖에 없고, 이 과정에서 하나의 논점에 대한 다양한 해석이 발생하게 된다.

4) 본 연구와 거의 동일한 시기에 「챗봇 빌더 기반의 〈홍길동전〉 챗봇 프로토타입 연구 개발」 연구를 진행하고 있다. 두 논문은 고전소설과 컴퓨팅 사고의 융합이라는 동일한 문제 의식에서 출발하여 챗봇 오픈 소스 '단비'를 활용하여 고전소설 이해를 확장한다는 공통점을 가지고 있다. 그러나 로우(raw) 데이터인 고전소설 작품이 다르고, 챗봇 설계와 진행 방식, 유저의 최종 목적 등이 상이하기 때문에 개별 연구로서 변별성을 지닌다. 이 연구들은 개별적 연구이자 고전소설 빅데이터를 위한 일련의 과정이기도 하다. 앞으로 개별 연구의 데이터를 집합하여 고전소설 빅데이터를 축적하고, 일련의 연구들을 종합하여 발전된 형태의 고전소설 챗봇을 개발하는 것이 최종적인 목표이다.

과 컴퓨팅 사고의 융합을 시도하고자 한다. 이를 위해서 챗봇의 트리 구조를 적용하여 〈토끼전〉 이본의 결말 변이를 퍼즐 맞추기 형식의 게임으로 재구조하고, 구상, 설계, 제작 단계로 〈토끼전〉 챗봇을 연구 개발하고자 한다.

2. 고전소설의 이본과 챗봇의 트리 구조

고전소설과 컴퓨팅 사고를 융합하는 가장 좋은 방법은 고전소설 교육 소프트웨어 프로그램, 고전소설을 소재로 한 게임 등을 제작하면서 직접적인 코드를 만들거나 코딩을 해보는 것이다. 그러나 이러한 형태의 컴퓨팅 사고 교육은 사전에 프로그래밍 언어, 알고리즘 등을 숙지해야 하기 때문에 공학 전공자가 아닌 이상 어려움이 많다. 김수환의 연구 결과에 따르면 컴퓨팅 사고 교육에서 나타나는 초보 학습자의 어려움은 새로운 프로그래밍 언어의 어려움에 대한 문제, 컴퓨터 과학의 개념에 대한 어려움, 프로그래밍 과정에 대한 지루함, 프로그래밍이 어렵다는 인식 등이다(김수환, 2015: 51).

인문학 전공자가 컴퓨팅 사고를 고전소설 이해에 적용하고자 할 때 대부분은 프로그래밍 언어와 알고리즘 제작에 익숙하지 않을 가능성이 크다. 이 글에서는 이러한 진입장벽을 해결하기 위하여 오픈 소스 챗봇을 활용하여 고전소설과 컴퓨팅 사고를 융합하고자 한다.

챗봇은 사용자가 쉽게 접근할 수 있고, 사용 방식이 친숙하기 때문에 고전소설과 컴퓨팅 사고의 융합을 보여주기에 적합한 도구이다.5) 챗봇은 추론과 재구성의 방식으로 이루어진다. 사용자가 질문을 던질 때 질문의 의도를 파악하고 사용자의 선택과 정보를 기반으로 원하는 답을 추론하게 된다. 또한 순차적으로 일어나는 사건을 논리적으로 트리 구조(tree structure)로 재구성한다. 트리 구조는 계층적 구조로, 연결되는 조건들 간의 관계와 이유가 명확하다. 수평적으로 진행되는 텍스트를 수직적으로 이해하는 과정은 시간의 흐름에 따른 선형적 서사 전개를 알고리즘 설계와 개념에 맞추어 재구성하는 것이다.

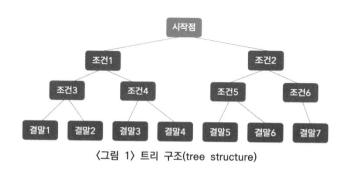

〈그림 1〉 트리 구조(tree structure)

〈그림 1〉과 같은 트리 구조에서 하나의 결말에 이르는 루트는 고정적이지 않다. 사용자의 응답이 경우에 따라 다르기 때문에 목표 지점에 도달하기 위한 경우의 수는 다양하다. 하나의 루트로 고정되어 있지 않기 때문에 결말로 이르기 위해 다양한 조건들을 끊임없이 연결하고 조합할 수 있다. 텍스트를 분해하여 트리 구조로 변환하는 것은 사용자가 자신의 시각으로 서사 전개 과정과 결말을 유추하며 재구성하는 과정이라 할 수 있다. 텍스트는 다양한 모티프와 서사 요소로 구성되어 있지만, 이 요소들이 결합하여 결말에 이르는 루트의 합이 존재한다.

---

5) 고전소설과 챗봇의 접점에 대한 근거는 '김지우·이명현(2021), 47~81쪽' 참조.

트리 구조는 한 지점에서 시작하지만, 서로 다른 조건들이 연결되며 각각의 관계를 형성한다.[6] 트리 구조는 최종적으로 서로 다른 방식의 다양한 결말로 진행된다. 이러한 과정에서 분기점에서 갈라지는 조건과 분기점에서의 선택과 다음 분기점의 선택이 연결되는 원인을 설계하는 것은 챗봇 알고리즘을 구성하는 핵심적인 요소이다. 특히 '선택의 조건'과 '조건과 조건의 연결'은 챗봇에서 하이퍼링크를 생성하는 재구성 및 추론 과정이라 할 수 있다.

챗봇 트리 구조를 문학 텍스트에 적용하여 문학 작품을 챗봇화하는 것은 문학 텍스트를 분해하고 재구성하는 과정이라 할 수 있다. 문학 텍스트를 트리 구조로 재구성하면 텍스트의 다양한 계층, 루트는 각각의 요소들로 관계망을 형성하게 된다. 챗봇 사용자의 선택에 따라 텍스트는 재편되고, 사용자에 따라 다른 방식으로 작품 요소의 관계가 나타날 수 있다.

챗봇의 트리 구조를 적용할 수 있는 문학 장르는 다양하겠지만, 이본(異本)에 따라 서사 전개가 다르게 나타나는 고전소설이 효과적이라 할 수 있다. 고전소설 이본은 똑같은 내용에서 시작하지만 특정 사건에 대한 선택에 따라 서로 다른 결말이 나타나고 이본 계열이 발생한다. 이는 계층적으로 구성된 메시지를 논리적으로 표현하는 챗봇의 트리 구조와 접점을 이룬다. 대다수 근대소설은 하나의 결말을 가지는 있어서 결말을 이루는 요소들의 결합 외의 다른 결합은

---

6) 이러한 측면에서 챗봇의 트리 구조는 하이퍼링크의 특성을 지닌다고 할 수 있다. 하이퍼링크는 본래 인터넷에서 사용되는 기술로, 특정한 웹사이트를 다른 웹사이트와 연결시키는 기술이다. 하이퍼링크는 단일, 양방향 모두 가능하고, 웹사이트 간의 공통된 연결고리를 매개로 관련성이 형성된다. 하이퍼링크를 연결하는 사회적 개체들과 연결받는 개체들은 상호 간에 커뮤니케이션 관계를 형성하고 유지하고 있는 것으로 간주할 수 있으며 이 관계는 사회적 네트워크에 대응될 수 있다(박한우·남인용, 2004: 73~74 참조).

어떠한 양상을 보이는지 확인할 수 없다. 그러나 고전소설은 이본에 따라 다양한 결말이 나타나기 때문에 텍스트를 구성하는 요소들의 서로 다른 조합에 따른 결말의 차이를 드러낼 수 있다. 챗봇의 트리 구조를 고전소설 이본에 적용하여 챗봇을 설계한다면, 사용자가 서사 요소들의 조합과 관계망 설정이 작품 이해에 필수적이라는 것을 깨달을 수 있다.

이와 같은 방식의 고전소설 재구성은 기존의 고전소설 이해와 감상의 문제점을 극복할 수 있는 대안이 될 수 있다. 고전소설 교육은 주로 민족문학과 전통 속에서 기획되어 초·중·고등 교육 과정에 포함되어 왔다. 문학 외의 잣대로 만들어진 고전소설 교육은 고전소설을 국가의 정체성 표현의 도구로 인식하여, 고전소설을 읽고 감상하는 문학의 범주에서 벗어나게 만들었다(이명현·유형동, 2019: 660). 또한 학습자가 고전소설을 문학 작품 자체로 인식하여 작품의 의미구조를 학습자의 경험 속에서 구성되도록 하는 것이 바람직하지만, 입시를 대비하여 지식 중심의 교육, 즉 당대의 사회역사적 현실, 생성 맥락과의 관련성에 과도하게 치우치는 경향이 있었다(최홍원, 2017: 20).

고전소설을 트리 구조화하여 챗봇으로 설계하는 방식은 기존 고전소설 교육의 문제점이었던 작품의 일방적, 단편적 이해에서 벗어나 고전소설을 문학 작품으로 감상하도록 하고, 작품의 구성 요소를 해체, 결합하여 다양한 서사적 가능성을 상상하도록 한다. 이를 통해 작품에 내재한 심층적 의미를 탐구하게 되며, 텍스트의 요소들을 활용하여 이야기 범위를 확장하는 스토리텔링의 창의성을 계발할 수 있다.

이 글에서는 이와 같은 문제 의식을 바탕으로 고전소설 중에서 이본에 따라 결말 양상이 극적으로 달라지는 〈토끼전〉을 대상으로 논의를 진행하고자 한다. 〈토끼전〉은 현재까지 67종의 이본7)이 전승되고 있으며, 토끼, 용왕, 자라의 관계에 따라 이본 별로 완전히 다른 결말이 나타난다. 자라와 토끼가 다시 육지에 도착한 이후에 자라와 토끼, 그리고 육지와 수궁의 후일담이 장황하게 부연되면서 다양한 창작적 요소가 덧붙여지고 있어 이본마다 결말이 한결같지 않다(인권환, 1991: 164). 즉 〈토끼전〉은 서사 전개에서 사건의 분기점을 기준으로 서사적 선택에 따라 사건이 다르게 진행되는 작품이다.

　챗봇의 트리 구조를 적용하여 〈토끼전〉 이본의 결말 차이를 계층적으로 드러내면, 작품의 서사 요소들의 조합과 그에 따른 관계도를 종합적으로 이해하고 심층적인 분석이 가능할 것이다. 이러한 고전소설 감상과 이해는 기존의 지식 중심의 수동적 교육에서 벗어나 학습자가 주도적으로 텍스트를 분석하고 해석하는데 도움이 된다. 〈토끼전〉 이본 텍스트를 학습자의 기준으로 해체하고 결합하여 서사 요소들의 관계 양상을 스스로 판단하는 경험을 하는 것이다. 이것은 챗봇의 트리구조에 맞게 고전 텍스트를 재구조화하는 과정이다. 챗봇의 개발 과정을 통해 학습자는 텍스트 분석뿐만 아니라 문학 작품을 바라보는 자신만의 관점을 형성할 수 있다.

---

7) 챗봇에 모든 이본을 적용하기에는 물리적 한계가 있고, 챗봇 설계자와 사용자가 고전소설과 컴퓨팅적 사고의 융합을 처음 경험할 가능성이 높기 때문에 모든 이본 작품을 대상으로 하기보다는 가장 확연한 차이를 보이는 이본 계열에서 한 작품씩 선정하였다. 챗봇의 로우(raw) 데이터로 사용한 판본은 〈토생전〉(국립도서관본), 〈토생전〉(가람본), 〈퇴별전〉(정신문화연구원본), 〈퇴별가〉(완판·신재효본) 등이다.

3. 〈토끼전〉의 재구성과 챗봇 개발 과정

최근의 젊은 세대에게 고전소설은 읽기 어렵고 재미없는 옛날의 문학이다(이명현, 2020: 254 참조). 이들에게 고전소설을 흥미롭게 경험시키기 위해서는 젊은 세대의 특징에 부합하는 작품 감상 방식이 필요하다. 디지털 네이티브라고 불리는 이들 세대는 선택의 자유와 개성을 중요시 여기며 하이퍼텍스트 등과 같은 도구들을 사용해 하나의 정보와 연결되는 다른 정보를 찾고 정리하는 능력을 가진다(Don Tapscott, 이진원 역, 2009: 213). 이 글에서 논의하는 챗봇 트리 구조를 적용한 〈토끼전〉 챗봇은 디지털 네이티브의 성향을 고려한 것이다. 사용자는 일방적으로 제공되는 학습 도구에서 벗어나 자신의 논리에 맞춰 자유롭게 트리 구조를 설계할 수 있다. 또한 고전소설의 서사 요소를 트리 구조라는 틀 안에서 연결하며 관계를 설정하는 과정을 통해 고전소설을 재구성할 수 있다.

도구를 통해 지식을 자율적으로 다루는 학습자는 지식을 능동적으로 구성하는 주체가 된다. 챗봇이라는 도구를 통해 고전소설과 컴퓨팅 사고를 융합하는 사용자는 자신의 작품 감상에 대한 주도권, 자율성, 책임성을 지니고서 자신의 학습을 스스로 계획, 수행하고 나아가 평가할 수 있게 된다(강재원, 2016: 23~24). 이 글에서는 이 과정을 구상, 설계, 제작 단계로 논의하고자 한다.

1) 구상

〈토끼전〉 챗봇을 구상할 때 가장 중요하게 고려한 것은 디지털 네이티브의 특성을 고려하여 학습에 놀이의 요소를 결합하는 것이었다. 학습자는 교육에 놀이라는 개념을 적용하면 효과적으로 반응한다(Don Tapscott, 이진원 역, 2009: 84). 그러나 컴퓨팅 사고를 통한 고전소설 이본의 이해는 챗봇을 사용하는 학습자에게 낯선 개념이기 때문에 이를 놀이로 느끼기 어렵다. 사용자는 주어진 작품을 익숙하지 않은 컴퓨팅 사고로 접근하는 것에 대해 어려움을 느낄 것이다. 이러한 상황에서 여러 이본을 병렬적으로 나열하여 분석하는 것은 효율적이지 않다. 사용자의 몰입을 방해할뿐더러 기존 고전소설 감상의 문제점이었던 줄거리 중심의 이해에서 벗어나지 못할 가능성이 높다.

이본의 병렬적 배열은 텍스트의 해체와 결합을 통한 재구성도 어렵게 한다. 이본의 여러 결말을 텍스트별로 나열한다면 사용자는 챗봇의 특징인 단계 추론 과정을 경험하기 어렵다. 컴퓨팅 사고를 기반으로 텍스트의 선형성에서 벗어나 텍스트의 서사 요소를 독립적으로 인식하여 해체하고 결합해야 한다. 챗봇의 효과가 극대화되기 위해서는 사용자가 이 과정에서 즐거움을 느껴야 한다.

챗봇은 사용자의 응답으로 작동한다. 인터랙티브한 활동에 익숙한 현세대의 특징과 챗봇의 특성을 조화시키기 위해서 사용자의 능동적인 참여가 필수적이다. 디지털 네이티브에게 동기를 부여하기 위해서는 분명한 목표와 보상을 제시해야만 한다. 〈토끼전〉 챗봇 구상 단계에서 이러한 사항을 고려하여 게이미피케이션 방식을 적용한 챗봇을 기획하였다.[8] 다양한 게이미피케이션 방식이 있지만, 〈토끼전〉의 서사 분기점과 이본별 서사 전개, 사건들의 조합을 고려

---

8) 게이미피케이션이란 사용자의 행위와 그에 상응하는 보상이라는 게임적인 사고와 플레이 기법 등을 게임으로 인식되지 못했던 비게임 분야에 의도적으로 활용하여 문제를 해결함과 동시에 유저의 몰입을 도모하는 과정이다(조일현, 2020: 435).

하여 퍼즐 맞추기 형식을 적용하고자 하였다.

챗봇 개발에 사용된 챗봇 오픈소스는 '단비 AI'이다. '단비 AI'는 사용자가 질문과 질문에 따른 대답을 데이터로 입력하면 별다른 설계를 하지 않아도 챗봇이 동작하게끔 챗봇 서버와 자연어 처리, 기본 챗봇 형식 등 챗봇 구동에 필요한 필수적인 환경을 제공한다. 또한 챗봇 제작 과정 대부분이 텍스트적인 요소로 이루어진 다른 챗봇 빌더와 달리 대화 흐름을 박스와 선으로 표현할 수 있어 챗봇 용어와 컴퓨팅 사고에 익숙하지 않은 사용자가 상대적으로 쉽게 접근할 수 있다.

그러나 단비가 제공하는 기능 중 자연어 처리의 경우 사용자의 로우(raw) 데이터를 기반으로 한 것이 아니기 때문에 일반적이지 않은 표현과 용어의 경우 처리 결과가 정확하지 않다는 한계를 지닌다. 또한 챗봇은 주로 정보 제공의 역할로 사용되기 때문에 그 외의 목적으로 사용될 경우 제공되는 챗봇 형식이 미흡하다. 퍼즐 맞추기 형식은 게이미피케이션만이 아니라 단비 챗봇 빌더의 한계를 보완하기 위한 방법이기도 하다.

사용자는 퍼즐 맞추기 방식으로 챗봇을 진행하여 결말에 이르는 과정까지 다양한 사건들을 조합하는 게임을 즐기게 된다. 놀이의 주체가 된 사용자는 스토리를 수용하는 독자에만 그치지 않고 텍스트를 해체하고 결합하는 스토리텔링의 주체로 전환될 수 있다.

퍼즐 맞추기는 낯선 텍스트와 새로운 스토리텔링 방식을 적절하게 융합시키는 챗봇 프로세스이다. 학습자는 챗봇과 관계를 맺으며, 챗봇이 제공하는 퍼즐 찾기 환경에서 선택이라는 행동 양식을 보인다. 이에 대해 챗봇은 요구사항이나 정보를 표출하게 되며, 학습자는 또다시 챗봇을 제어하게 되는 과정을 통해 게임처럼 최종적으로 원하는 정보를 얻거나 즐거움 등의 보상(또는 목적)을 획득할 수 있다(조일현, 2020: 436). 〈토끼전〉 챗봇은 〈토끼전〉의 사건들을 정보로 제공하며, 사용자가 퍼즐 4조각을 모으도록 유도한다. 사용자가 〈그림 2〉와 같이 챗봇을 진행하면서 퍼즐 완성, 완성 속도, 에너지의 차등 등을 통해 게임의 유희성과 경쟁심을 느끼는 방식을 구상하였다.[9] 사용자의 선택에 따른 조합의 결과와 이에 대한 보상을 가시적으로 제공하여 사용자의 능동적 행위를 촉구하고, 사용자의 선택에 따라 다음 선택에 대한 힌트나 보상 등을 차등 지급하여 게임의 경쟁적 요소를 적용하는 것이다.

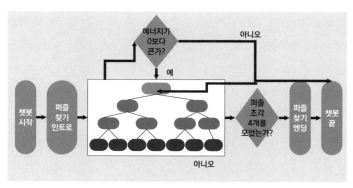

〈그림 2〉 퍼즐찾기 플로우차트

---

9) 게이미피케이션 방식으로 사용자의 즐거움을 높이기 위해서는 챗봇 진행에 적절한 긴장감을 주는 것이 필요하다. 〈토끼전〉 챗봇에서는 이를 위해 에너지 장치를 도입하였다. 제한이 없는 선택은 자유롭지만, 끝이 없다는 것은 사용자에게 막막함과 지루함을 느끼게 한다. 퍼즐 조각을 모두 찾아 퍼즐을 완성할 경우 엔딩을 맞아 챗봇이 종료되지만, 조합을 찾아내지 못해 퍼즐을 완성하지 못한 경우에는 끝없이 챗봇은 돌아가게 되는 것이다. 이러한 무제한적인 챗봇의 러닝타임은 사용자의 흥미를 떨어뜨린다. 이러한 상황을 방지하기 위해 에너지 장치를 도입하여 반복적으로 잘못된 조건의 조합을 하는 경우 에너지를 감소시키고, 에너지가 기준 이하로 떨어지면 챗봇이 강제 종료되도록 구상하였다.

다른 퍼즐 조각을 찾기 위해서는 사용자의 선택에 따라 이전 퍼즐 내용과 동일한 내용을 반복하게 될 수 있다. 익숙한 내용의 전개는 사용자의 흥미를 떨어뜨린다. 이때 레벨 개념을 도입하여 토끼전 챗봇의 구조를 입체화하였다.[10) 한 개의 퍼즐 조각에 이르게 하는 사건을 골랐을 경우 사용자는 경험치를 얻게 된다. 경험치는 여러 사건을 선택하면서 쌓이고, 특정 지점에 도달할 경우 사용자의 레벨이 상승한다. 레벨이 올라감에 따라 사용자는 사용할 수 있는 아이템이나 스킬 등이 확장된다.

2) 챗봇 설계

챗봇 설계를 위해서 먼저 퍼즐 맞추기의 스토리 상황을 설정하였다. 사용자가 챗봇을 시작하면 전래동화 〈토끼전〉에는 숨겨진 내용이 있다는 책을 발견한다. 책 안에서 빈 지도 틀과 쪽지가 있고, 쪽지에는 〈토끼전〉의 숨겨진 각각의 결말을 찾을 때 지도 조각을 획득할 수 있다는 메시지가 적혀 있다. 사용자가 4개의 결말을 찾아 조각을 모두 모으면, 퍼즐 조각이 모여 지도가 되면서 게임이 종료한다. 이것은 〈토끼전〉을 트리 구조로 계층화하기 위해서 작품 구성 요소를 해체·결합하기 위한 스토리텔링이다. 〈토끼전〉 이본군을 트리 구조로 변환하기 위해서는 먼저 트리를 구성하는 요소들로 분해해야 한다. 트리 구성 요소들은 사용자의 기준과 근거에 맞춰 관계가 설정되며, 전체 관계도는 결과를 출력하기 위한 조합이 된다. 즉, 퍼즐 완성

---

10) 논문 심사 과정 중 심사자 선생님이 챗봇의 흥미 유발 장치로 '레벨'을 적용하는 방안을 제시하였다. 심사 내용을 반영하여 논문을 수정하면서 4월 18일부터 챗봇에 '레벨'을 반영하였다. 이 자리를 빌려 심사자 선생님께 감사드린다.

은 텍스트가 재구조화된 결과이다.

〈토끼전〉 챗봇에서 퍼즐의 획득과 완성을 위한 사건의 조합은 텍스트를 계층적으로 변환하는 것에서 시작한다. 〈토끼전〉을 포함한 대부분의 서사문학은 사건이 순차적으로 전개된다. 선형적인 사건의 배열은 챗봇으로 구현하기에 적합하지 않기 때문에 텍스트를 계층적 구조로 재구성해야 한다. 챗봇의 로우 데이터인 〈토끼전〉 이본에는 네 가지 결말이 존재한다. 각 결말에 이르기 위해서는 결말에 도달하게 하는 조건들을 충족해야 한다. 이 조건들이 속한 것이 바로 분기점이다. 분기점은 챗봇 알고리즘에서 중요한 요소로 여러 이본의 스토리라인을 계층적 구조로 바꾸기 위해 필요하다. 분기점을 설계하기 위해서는 모든 사건들을 개별화하여 결말과 각 사건의 관계를 파악하는 작업이 선행되어야 한다.

〈표 1〉 사건 도표화

번호	사건	토생전 (국립 도서관본)	토생전 (가람본)	퇴별전 (정신문화 연구원본)	퇴별가 (완판· 신재효본)
1	토끼, 자라에게 욕을 퍼붓다	○	○	○	○
2	토끼, 똥을 약으로 주다				○
3	자라 자살	○			
4	토끼, 자라 부인의 안부를 부탁하다			○	
5	토끼 산으로 가다		○		
6	자라 소상강으로 피신하다			○	
7	토끼, 그물에서 탈출하다			○	
8	암토끼, 자라에게 욕설과 악담을 퍼붓다	○			
9	자라, 수궁으로 돌아가다		○		○
11	용왕 쾌유하다				○
12	용왕, 자라에게 충성 표창을 내리다	○			
13	수궁의 토끼 포획론 주장	○			
14	용왕 죽음	○	○	○	

번호	사건	토생전 (국립 도서관본)	토생전 (가람본)	퇴별전 (정신문화 연구원본)	퇴별가 (완판· 신재효본)
15	태자 즉위	○	○		
16	자라부인 자살하다			○	
17	자라부인에게 열녀표창이 내려지다			○	
18	수궁의 육지정벌 실패		○		
19	토끼, 신선따라 월궁행				○
20	자라의 신원사설 비파에 올림			○	

〈토끼전〉 이본들은 토끼와 자라가 육지로 귀환하기 전까지의 내용은 대동소이하다. 〈토끼전〉의 이본들은 토끼와 자라가 육지로 귀환한 후 서사 전개가 달라진다. 네 가지 이본에서 동일하게 전개되는 육지 귀환 전의 사건을 제외하고, 용왕이 병이 든 원인과 육지 귀환 이후의 각 사건을 〈표 1〉과 같이 정리하였다(인권환, 1991: 166~167). 이본 간 공통된 사건은 무엇이며 또 각 사건은 어떤 이본과 관계를 가지는지 확인하는 과정이다. 각 사건을 독립적으로 다루어 상이한 결말을 야기하는 조건들과 나머지를 분류하는 과정을 통해 합리적인 추론의 과정을 겪는다.

독립적으로 분리된 사건들은 사건과 결말의 집합관계를 기준으로 구분하여 계층화한다. 줄거리 중심의 작품 감상이 아니기 때문에 최소한으로 이본을 구별할 수 있는 사건의 집합을 구성해 챗봇 설계의 기본 틀을 설정한다. 〈토끼전〉의 이본이 구별된다는 것은 각 이본에는 다른 이본이 갖고 있지 않은 고유한 사건이 존재한다는 뜻이다. 이 사건들의 집합이 바로 분기점을 구성하는 조건들이다. 분기점에 속하는지 여부를 구별하기 위한 방법은 사건과 결말의 집합관계를 살펴보는 것이다. 한 이본의 사건이 해당 사건이 속한 이본의 결말에 대해 충분조건을 만족할 경우 이 사건은 다른 이본과 구별되는 사건이라 할 수 있다. '사건 p이면 결말 q가 일어난다'라는 조건문이 참일 때, 결말 q는 사건 p가 일어나야만 성립된다. 따라서 결말 q는 사건 p에 대한 필요조건임과 동시에 사건 p는 결말 q가 성립되기 위한 충분조건이다.

〈퇴별가〉(완판·신재효본)의 경우 용왕의 쾌유와 토끼의 월궁행으로 끝을 맺는다. 〈퇴별가〉에 속하는 사건은 총 6가지이지만, 퇴별가 결말과 충분조건을 만족하는 사건은 〈토끼, 똥을 약으로 주다〉, 〈자라, 수궁으로 돌아가다〉, 〈용왕 쾌유하다〉와 〈토끼, 신선따라 월궁행〉으로 총 4개뿐이다. 용왕이 자라에게 충성 표창을 내리는 사건의 경우 〈퇴별가〉에 존재하는 사건이지만 충성 표창을 내리지 않는 경우에도 용왕은 쾌유하고 토끼는 월궁으로 간다는 것을 추론할 수 있기에 〈퇴별가〉 결말에 대한 충분조건을 충족시키지 못한다. 이러한 방식으로 4가지 이본 결말에 대한 사건들의 충분조건을 충족시킨 사건들 중 동일한 주체와 배경을 가진 사건들을 묶어 챗봇의 분기점으로 삼았다.

〈표 2〉 이본의 서사분기점 분류

분기점	사건
용왕 득병 원인	주색
	과로
토끼의 육지 탈출 직후 토끼와 자라의 갈등 양상	토끼, 암토끼와 함께 자라를 모욕하다
	토끼, 자라부인의 안부를 구하다
	토끼, 똥을 약으로 주다
	토끼, 자라에게 욕설과 자랑하다
토끼의 탈출에 대한 자라의 대응	자라, 즉시 자살하다
	자라, 소상강 대피 후 자살하다

분기점	사건
토끼의 육지 탈출 후 결말	자라, 수궁에 귀환해 통을 전달하다
	자라, 빈손으로 수궁 귀환하다
	신선따라 월궁가다
	사냥꾼 그물에서 탈출하다
	산으로 가다
용왕의 대응	토끼 포획 명령과 죽음
	의연하게 죽다
	쾌차하다

〈표 2〉에 나타난 이본의 서사 분기점은 〈표 1〉에서 나타난 사건들을 토대로 만들어졌기에 토끼와 자라의 육지 귀환 이후의 사건만을 포함해야 한다. 그러나 육지 귀환 이전의 사건인 용왕의 득병 원인이 분기점으로 설정되어 있다. 용왕이 병이 생긴 원인이 이본마다 상이하며, 이는 전개되는 이후 이야기에 큰 영향을 미치는 요소이기에 다른 사건들과 사건 발생 시점이 다르지만, 예외적으로 분기점으로 추가하였다. 따라서 토끼전의 서사 분기점은 총 5가지로, 용왕의 득병 원인, 토끼의 육지 탈출 후 토끼와 자라의 갈등 양상, 토끼의 탈출에 대한 자라의 대응, 토끼의 육지 탈출 후 결말, 용왕의 대응으로 나타난다.

각각의 분기점에서 사용자가 한 가지 사건을 선택하게 되고 사용자가 사건을 조합해 특정한 방향으로 내용을 전개할 수 있도록 설계를 진행하였다. 실제로 사용자의 선택으로 만들 수 있는 경우의 수는 5개의 분기점에서 한 가지씩 선택했을 경우 총 288개이지만 사실상 존재하는 결말은 4개뿐이다. 실존하지 않는 결말을 조합할 경우 다음 분기점으로 넘어갈 수 없도록 배경, 인물 등을 통해 장애물을 설정하여 사용자가 챗봇이 제공하는 4개의 결말을 향해 갈 수 있도록 유도하였다. 이를 통해 사용자는 각 분기점에서 사건을 조합하고 앞서 선택한 사건들과의 연관관계를 생각하며 선형적인 이야기 형태를 컴퓨팅 사고의 비선형적 트리 구조로 변환하게 된다.

서사 분기점을 통해 사용자가 만들 수 있는 경우의 수를 트리 구조

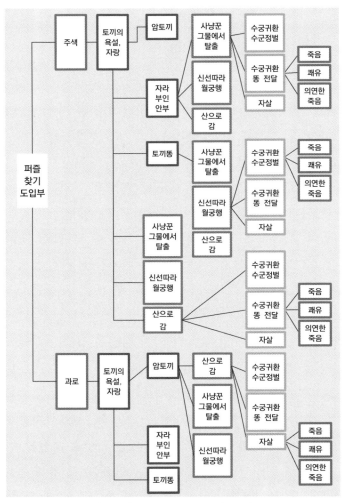

〈그림 3〉 토끼전 이본의 트리구조화

로 표현한 결과는 〈그림 3〉11)과 같다. 퍼즐 찾기 도입부를 통해 퍼즐 조각을 모아야 한다는 목표가 제시되고, 첫 번째 서사 분기점인 용왕의 득병에 대한 상황이 나타난다. 사용자에게는 '주색'과 '과로'라는 선택지가 놓이며 이 선택에 따라 다음 분기점인 '토끼와 자라의 갈등 양상'과 조합 결과가 갈라진다. 만약 사용자가 용왕의 득병 원인으로 과로를 선택한 후 토끼와 자라의 갈등 양상으로 자라 부인의 안부를 묻는 사건을 선택할 경우 다음 서사 분기점으로 넘어가지 않는다. 실존하지 않는 조합이기 때문에 '토끼와 자라의 갈등 양상' 분기점으로 돌아가 다시 선택하게 된다.

이 과정에서 사용자는 앞서 선택한 용왕의 병을 근거로 자라와 토끼의 행동을 추론한다.12) 용왕의 병이 과로이었기에 토끼의 조롱과 공격은 수궁 전체가 아닌 자라에게만 가해진다. 암토끼 또한 토끼를 납치해 간 자라에 대해 분노를 표출할 뿐이다. 이 분기점의 선택에 따라 토끼와 자라 그리고 용왕의 결말을 예측해야 한다. 용왕의 병 원인과 토끼와 자라의 갈등 양상 모두 국가적 차원의 충 이념에 초점이 맞추어져 있기 때문에 토끼의 이야기보다는 자라와 용왕의 비중이 클 것이다. 암토끼와 토끼는 자라를 모욕하고 조롱해서 자라의 충성심을 부각시키는 역할을 했으므로 가장 간단한 사건인 산으로 가는 결말로 토끼의 이야기는 마무리된다. 자라의 결말은 용왕의 군주다운 모습과 겹치면서 중세 국가의 충실한 신하(정충권, 2005:

---

11) 그림에서 빨간 상자는 용환 병환의 분기점을, 파란 상자는 토끼와 자라의 갈등 분기점을, 초록 상자는 토끼 결말의 분기점을, 노란 상자는 자라 결말의 분기점을, 보라 상자는 용왕 결말의 분기점을 나타낸다. 또한 빨간색 글씨로 적힌 분기점에서 퍼즐을 획득할 수 있다.

12) 용왕의 병이 개인적 쾌락으로 인한 병이 아니라 과로로 발생한 경우에는 이를 근거로 토끼와 자라의 갈등 양상을 해석해야 한다.

531)로서 최선을 다하는 것으로 나타나야 인과적으로 서사 전개가 이루어질 것이다.

한 결말에 도달하기 위해 서사 분기점들은 수많은 조합을 만든다. 사용자는 분기점에서 선택된 사건 간의 관계를 정의하며 경우의 수에 대한 트리 구조를 구성한다. 이러한 계층적 구조로의 변환은 사용자가 단순하게 줄거리만 이해하는 방식에서 벗어나 서사 요소를 심층적으로 분석하고 사건과 사건을 인과적 관계로 설정하고 설명할 수 있도록 유도한다.

사용자의 선택에 따른 분기점들을 통한 사건의 조합이 존재하지 않을 가능성도 있다. 이를 대비하여 경우의 수를 가려내는 도구로 '에너지'를 설계하였다. 에너지 감소 여부는 퍼즐 조각을 획득하기 위한 조건을 달성하고 있는지를 점검할 수 있는 힌트가 된다. 존재하지 않는 경로로 가는 경우, 사용자에게 이 조합은 존재하지 않는다는 경고로 에너지가 감소한다. 에너지가 감소하는 경우, 사용자는 존재하지 않는 조합임을 알게 되며, 왜 이 경우의 수가 존재하지 않는지 실존하는 조합과 비교하며 능동적으로 텍스트를 재구성하게 된다.

이 과정은 단순히 정답 맞추기에 국한되는 것이 아니다. 챗봇은 정답을 보여주며 사용자가 답을 수용하기를 강요하지 않는다. 챗봇에서 분기점 선택과 퍼즐 찾기 진행은 사용자가 주체가 되어 유효한 조합이 무엇인지 고민하고 탐구하는 과정이다. 사용자는 선택한 조건들 사이의 관계를 정립하는 사고를 하게 되고, 이는 컴퓨팅 사고의 기반이 되는 단계적 사고에 대응하는 것이다.

3) 챗봇 제작 및 구현

이 글에서는 〈토끼전〉 챗봇을 제작 구현하기 위하여 오픈 소스 챗봇 플랫폼인 '단비AI(danbee AI)'를 사용하였다. 실제 챗봇을 만드는 과정은 많은 양의 데이터베이스와 자연어 처리 등의 AI 기술을 필요로 하기에 초보자가 인문학과 컴퓨팅 사고를 융합하는 프로그램에는 적합하지 않다. 따라서 인공지능 학습과정(머신러닝, 딥러닝 등)을 생략하고, 로우 데이터를 가공하여 챗봇 진행을 가능하게 하는 '단비'를 활용하여 챗봇 프로토타입을 연구·개발하였다. 〈토끼전〉 챗봇 구현은 사용자에게 퍼즐 찾기 형식과 게임 내 에너지를 안내하면서 시작한다.

〈그림 4〉 퍼즐찾기 안내 장면

〈그림 5〉 에너지 소모 안내 장면

챗봇을 시작하면 〈그림 4〉처럼 퍼즐 완성이라는 목표를 제시한다. 사용자는 〈토끼전〉의 결말 방식 한 가지를 찾아야만 퍼즐 한 조각을 획득할 수 있다. 사용자는 자신의 선택에 대한 당위성과 목적을 이해하고, 챗봇 스토리라인을 게임으로 느끼게 된다. 〈그림 5〉는 사용자의 선택에 따라 에너지가 감소하는 장면이다. 사용자는 에너지 감소를 통해서 자신의 선택이 유효하지 않은 경우의 수라는 것을 알게 되고, 이전 단계로 돌아가 유효한 조합을 다시 선택하게 된다. 에너지는 사용자가 선택한 조건이 존재하는 조합일 경우 감소하지 않으며 사용자에게 선택에 따른 보상이 있음을 알린다.

도입부를 지나 각 분기점에서 하나의 사건을 고른 뒤, 사용자가 선택한 조합과 일치하는 결말이 존재하는 경우 퍼즐 한 조각을 얻는다. 조각을 얻기 위한 조건 충족은 챗봇 내 파라미터(parameter)를 통해 판단한다. '병환', '토끼 자라 갈등', '토끼 결말', '자라 결말', '용왕 결말' 총 5개의 파라미터는 각 분기점에서 나타난 사용자의 선택을 담고 있다. 이 파라미터 값들을 통해 어떠한 결말에 이르렀는지 판단하고 조각을 획득한다. 퍼즐 조각을 4개 다 모았을 때 지도가 완성되며 챗봇은 종료된다.

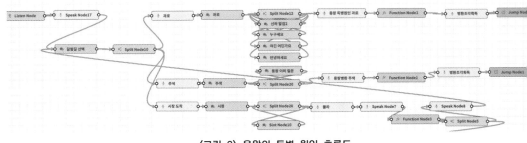

〈그림 6〉 용왕의 득병 원인 흐름도

첫 번째 분기점은 용왕의 득병 원인을 알아내는 단계이다. 용왕의 병 원인으로 주색과 과로 중 하나를 선택하라는 질문은 사용자의 흥미를 끌기 어렵다. 따라서 〈그림 7〉과 같이 시각적으로 주색과 과로가 연상되는 연회장과 회의장으로 향하는 갈림길로 표현하였고, 이 과정에서 사용자는 어떤 장소로 갈지 선택하는 행위를 하게 된다. 선택에 상응하는 보상으로 용왕의 득병 원인 정보가 제공되고 잘못된 선택을 한 경우에는 보상 대신 에너지가 감소하게 된다. 텍스트 정보만 제공하는 것이 아니라 시각적 요소를 제공해 사용자가 몰입할 수 있도록 유도하였다. 〈그림 6〉과 같이 갈림길 선택에 따라 과로(회의장), 주색(연회장), 시장13) 중 한 곳과 연결된다.

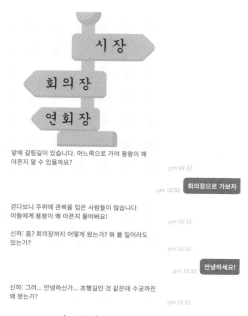

<그림 7> 갈림길 선택 장면

---

13) 시장은 용왕의 병 원인과 상관없는 공간이지만 사용자가 용왕의 병과 상관없는 선택지를 택했을 때 에너지가 감소하게끔 하여 사용자에게 긴장감을 부여하는 장치로 설정되었다.

〈그림 8〉 사용자 질문 응답 처리

　회의장과 연회장에는 신하와 시녀라는 장소와 관련된 인물을 활용해 사용자가 직접 용왕에 대한 정보를 찾아내야 한다. 이때 인터랙티브 한 경험에 익숙한 디지털 네이티브의 특징을 고려하여 신하와 시녀에게 챗봇의 목적인 용왕의 병에 대한 내용이 아니더라도 〈그림 7〉과 같이 사용자의 질문에 응답할 수 있도록 제작하였다. 〈그림 8〉은 이를 챗봇에 구현하기 위한 처리 과정이다.[14] 사용자가 학습의 주체임을 부각시킴과 동시에 사용자의 능동적인 반응을 이끌어내고자 한 의도를 반영한 것이다.

　사용자는 토끼와 자라의 갈등 분기점에서 네 가지의 사건 중 하나를 선택한다. 이때 앞 분기점이었던 용왕의 득병 원인이 사건 선택과 전개에 영향을 미친다. 사용자는 자신의 선택이 이전의 선택과 하이

---

14) 용왕에 대한 정보가 아니지만 기본 인사나 장소, 해당 인물에 대한 기본적인 대화가
　　가능하도록 챗봇을 설계하여 사용자의 답변에 따라 가변적인 반응이 나타나도록 하였다.

퍼링크로 이어질 수 있는지 판단하며 그 과정에서 해당 분기점뿐만 아니라 이전 분기점의 사건까지 고려하게 된다. 용왕이 과로로 인해 병을 얻었다고 선택했을 경우 토끼와 자라의 갈등 분기점은 암토끼의 욕설과 모욕 사건 외의 것을 선택할 경우 실존하지 않는 조합이기 때문에 에너지가 감소하며 어떠한 스토리도 진행되지 않는다. 이전 단계로 돌아가 토끼와 자라의 갈등이 어떠한 양상일지 다시 선택하게 된다. 반대로 앞서 용왕의 병환을 주색으로 선택했을 경우는 암토끼의 욕설과 모욕 사건 외의 것을 선택해야 스토리가 진행된다.

'토끼 결말' 분기점 또한 용왕의 득병 원인과 토끼와 자라의 갈등의 선택값에 따라 선택된다. 파라미터에 저장된 사용자의 선택값을 기반으로 이전 분기점들과 이번 토끼의 결말 분기점의 값의 조합에 대한 판단이 일어난다. 〈그림 9〉는 '토끼 결말' 정하기 노드에서 실제 코드를 이용해 이전 분기점과 조합 가능한 사건의 값을 설정한 것이다.

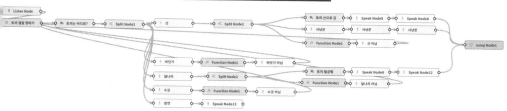

〈그림 9〉 토끼의 결말 흐름도와 설정 노드

챗봇은 사용자에게 토끼가 자라와 갈등한 이후 어디에 있을지 질문하여, 사용자가 토끼의 행방과 결말을 추론하도록 유도한다. 선택지로는 산, 바닷가, 달나라, 수궁이 제시되며 이 장소들은 여러 이본에서 나타난 토끼의 결말을 내포하고 있다. 사용자는 이전 분기점들을 고려하여 토끼가 어떤 행동을 할 것인지 예측한다. 〈그림 9〉에서는 사용자의 선택에 대한 조건 확인을 위해 경우의 수를 나누어 '토끼 결말'에 대한 값을 설정하고 있다. 사용자가 이전 분기점에서 과로와 암토끼의 욕설과 모욕 사건을 택했다면 파라미터 '토끼 결말'의 값은 '산'으로 정해진다.[15] 사용자는 능동적으로 사건을 선택하게 되고 사건 조합의 결과를 즉각적으로 확인하면서 사건이 발생하는 근거를 찾는 과정을 겪는다. 예측의 근거는 사용자의 이전 선택들로 단계적으로 분기점들을 거치면서 선택한 데이터이다. 이렇게 분기점마다의 선택과 사건 간의 관계를 설정하면서 결말을 추론하게 된다.

'자라 결말' 분기점 역시 '토끼 결말' 분기점과 같은 방식으로 진행된다. 사용자는 토끼와 자라의 갈등 분기점 이후 자라가 어떻게 행동했을지 예측하고, 이를 바탕으로 선택한다. 자라의 결말을 살펴볼 수 있는 장소는 자살 사건이 일어난 바닷가와 소상강, 그리고 용궁이다.[16]

---

15) 이것을 기준으로 '산'이 아닌 다른 것을 선택하게 되면 잘못된 조합으로 에너지가 감소한다.

16) 이외에도 하늘, 숲 등 앞선 분기점들과 연관지었을 때 상관없는 장소들 또한 선택지에 포함시켜 사용자가 분기점들 간의 관계와 이해를 바탕으로 하지 않고 이러한 장소들을 택한 경우 에너지를 감소시켰다.

〈그림 10〉 용왕 결말 분기점 조건

 마지막 '용왕 결말' 분기점에서 사용자는 용왕의 생사를 결정한다. 트리 구조의 마지막 단계로 앞선 분기점들의 조합과 관계 설정이 분명해야만 실존하는 결말에 이를 수 있다. 용왕이 쾌차하는 경우는 용왕의 병환이 주색이며, 토끼가 자라에게 토끼똥을 약으로 주는 갈등 양상과 자라가 살아서 수궁으로 귀환하는 사건의 조합만이 가능하다. 〈그림 10〉의 첫 번째 그림과 같이 용왕이 쾌차하는 흐름으로 갈 수 있는 것은 사용자가 앞서 선택한 조합이 충족되는 것으로 파라미터 '토끼 자라 갈등'과 '자라 결말'의 값이 '토끼똥'과 '살아있음'이어야 한다. 이를 충족시키지 못하는 다른 모든 사건의 조합은 용왕이 쾌차하는 사건이 일어날 수 없기 때문이다. 모든 분기점을 거쳤다면 사용자가 선택한 사건들의 집합의 결과가 실존하는 결말인지 확인하는 과정이 존재한다. 사용자의 모든 선택 값을 조합해 존재하는 경우 사용자에게 보상으로 퍼즐 한 조각이 주어진다.
 〈그림 11〉에서 제시한 코드는 네 개의 결말이 형성되는 분기점의 조합을 설명한 것이다. 어떠한 결말을 만족시키는 분기점 사건 조합을 만들었을 경우 사용자가 찾은 결말에 해당하는 파라미터 값은

```
if(결말1 != 1){
    if(병환 == '주색'){
        if (토끼결말 == '암토끼'){
            if (자라결말 == '자살'){
                if (용왕결말 == '죽음'){
                    결말1 = 1;
                }
            }
        }
    }
}
else{
    already = 1;
}
```

```
if(결말2 != 1){
    if(병환 == '주색'){
        if (토끼결말 == '자라부인'){
            if (자라결말 == '자살'){
                if (용왕결말 == '죽음'){
                    결말2 = 1;
                }
            }
        }
    }
}
else{
    already = 1;
}
```

```
if(결말3 != 1){
    if(병환 == '과로'){
        if (토끼결말 == '토끼똥'){
            if (자라결말 == '삶'){
                if (용왕결말 == '삶'){
                    결말3 = 1;
                }
            }
        }
    }
}
else{
    already = 1;
}
```

```
if(결말4 != 1){
    if(병환 == '주색'){
        if (토끼결말 == '산'){
            if (자라결말 == '빈손귀환'){
                if (용왕결말 == '죽음'){
                    결말4 = 1;
                }
            }
        }
    }
}
else{
    already = 1;
}
```

〈그림 11〉 사용자 선택 조합 확인 과정

1이다. 이 숫자값은 이미 찾았던 결말의 경우, 퍼즐 조각이 지급되지 않도록 구분하는 역할이다. 따라서 결말 1~4에 이미 1이 들어가 있다면 'already'라는 파라미터 값에 1을 넣어 다시 새로운 사건 조합을 찾도록 처음 분기점으로 돌아가게 된다. 마지막 결말을 이루는 조건들을 취합하는 과정에서 4개의 결말들이 어떤 분기점에서 어떠한 값의 차이로 다른 결말로 이어졌는지 가시적으로 확인할 수 있다. 단계적으로 분기점을 거치면서 선택한 값을 마지막에 확인하게 되어 각 결말로 이르는 루트를 명확하게 구분하는 과정을 겪는다. 결말 1~4의 값이 모두 1이 되기까지, 즉 조각 4개를 다 모을 때까지 계속 첫 번째 분기점으로 돌아가 서로 다른 4개의 사건 조합을 충족시킨다. 조각을 모두 모았을 때 지도가 완성되어 챗봇이 종료된다. 〈그림

12〉는 결말을 모아 조각을 획득했을 경우를 순차적으로 보여주고 있다. 조각을 모두 모아 퍼즐이 완성되었을 경우 엔딩 장면이 나오게 된다.

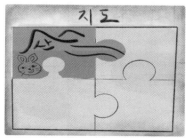

하나의 토끼전이 완성되어 퍼즐 조각을 획득하였습니다.
지금까지 1개의 조각을 모았어요!

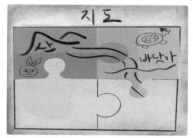

하나의 토끼전이 완성되어 퍼즐 조각을 획득하였습니다.
지금까지 2개의 조각을 모았어요!

세개의 토끼전 결말을 모아 토끼전 지도를 완성했습니다. am 1:25

'님의 노력으로 토끼전 지도를 통해 토끼전 세계를 탐험할
수 있게 되었어요... 고마워요...' am 1:25

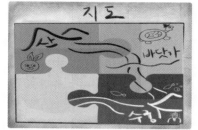

하나의 토끼전이 완성되어 퍼즐 조각을 획득하였습니다.
지금까지 3개의 조각을 모았어요! 드디어 마지막 조각만
남았네요!

책이 다시 덮입니다. 안녕 토끼전! am 1:25

GAME END am 1:25

〈그림 12〉 결말에 이르러 조각을 모았을 때의 챗봇 장면

4. 기대효과 및 한계

이 글에서는 '고전소설과 컴퓨팅 사고'의 융합 연구의 첫 단계로 컴퓨팅 사고의 '과정과 절차 중심'의 문제 해결 방법론을 적용하여 〈토끼전〉 챗봇을 개발하였다. 현 단계에서 자연어 처리가 가능한 자율적 고전소설 챗봇을 개발하는 것은 어렵기 때문에 연구의 첫걸음으로 오픈소스 챗봇 플랫폼 '단비'를 활용하여 프로토 타입을 개발하였다.

고전소설 챗봇 개발은 고전소설과 컴퓨팅 사고를 융합하는 교육적 목적을 포함하고 있다. 연구를 계획하고, 챗봇을 구상하는 단계에서 교육의 대상자로 챗봇 설계자와 사용자 모두를 설정하였다. 일반적으로 챗봇 사용자만이 교육 대상이라 생각할 수 있지만, 고전소설을 감상하고 이를 챗봇화하는 전 과정을 인문 코딩으로 구상하였기 때문에 챗봇 설계자를 교육 대상에 포함한 것이다.17)

챗봇의 트리 구조를 적용한 〈토끼전〉 챗봇은 설계자와 학습자 모두 능동적으로 텍스트를 분석하고 관계를 정의하는 과정을 경험하게 된다. 이를 통해 고전소설의 서사를 선형적으로 이해하는 기존의 독해 방식에서 벗어나, 서사 요소를 해체·결합하여 재구성하는 스토리텔링의 방식을 체험한다. 설계자와 학습자는 챗봇 경험을 통해서 결말은 사건들의 우연한 나열에 의해 이루어지는 것이 아니라는 것을 알게 된다. 왜 특정한 조합만이 가능하고 그 외에는 불가능한지 이해

---

17) 본고에서 오픈소스 챗봇 플랫폼 '단비'를 활용한 것이 이러한 이유 때문이다. 단비는 프로그래밍 언어로 알고리즘을 만들지 못하더라도 컴퓨팅 사고로 트리 구조를 재구성할 수 있으면 코딩이 가능하다. 컴퓨팅 사고를 적용하여 챗봇을 구상하고 기획하는 것에 초점을 맞추고, 챗봇 구현의 기술적 능력은 오픈 소스의 도움을 받고자 한 것이다.

하고 설명해야 하기 때문에 각각의 결말에는 텍스트를 구성하는 요소들의 인과적 관계가 작동하고 있다는 것을 깨닫게 된다.[18] 즉, 컴퓨팅 사고의 과정 중심 추론을 적용하여 특정한 조건들의 조합을 이해하고, 고전소설의 서사적 인과 관계를 파악할 수 있는 것이다.

그리고 텍스트를 이루는 조건들을 조합한 경우의 수는 텍스트 확장 및 스토리텔링 재구성의 가능성을 제공한다. 텍스트에서 조합이 불가능한 원인을 추론하여 사용자가 보완한다면 과거 고전소설의 이본이 만들어진 것처럼 새로운 텍스트로 확장될 수 있을 것이다. 이러한 스토리텔링의 확장 가능성은 고전소설을 읽고 감상하고 재해석하는 문학으로 인식하게 할 수 있다. 현재의 젊은 세대 대부분에게 고전소설은 습득해야 할 과거의 문학일 뿐이다. 고전소설 챗봇을 통해 텍스트를 분석하며 고전소설이 담고 있는 가치를 스스로 느끼고, 자기주도적으로 스토리텔링을 확장할 수 있다면, 과거의 문학이라는 편견을 극복할 수 있을 것이다.

이 글에서 챗봇 프로토 타입 개발이 진행되면서 연구 계획 단계에서 의도한 교육적 성과가 설계자, 학습자 모두에게 나타나기 어렵다는 것을 인지하였다. 설계자의 경우에는 연구의 의도를 충분히 달성할 수 있다고 판단하였다. 설계자는 챗봇 기획 및 제작 과정을 통해 고전소설 텍스트를 심층적으로 이해하게 되었다. 수동적으로 학습자의 관점에서 지식을 받아들이는 것에서 벗어나 자신만의 관점을 형성하게 된다. 설계자는 스스로 텍스트를 이루는 구성 요소를 분리하며 구성 요소들의 관계를 정의하는 과정을 겪는다. 설계자는 챗봇

---

18) 학습자가 챗봇의 트리 구조를 적용한 고전소설 감상을 반복하면, 작품의 결말에 이르는 서사 전개 과정에서 사건의 조합과 구성을 논리적으로 추론할 수 있을 것으로 기대한다.

설계를 통해 독자적인 텍스트 해석이 가능해진다. 그렇기에 챗봇을 설계할 때 동일한 텍스트에 대해 설계자는 자신만의 분기점을 구조화할 수 있다. 결말과 사건의 관계를 설정하는 것은 설계자가 갖고 있는 텍스트에 대한 관점에 따라 달라질 수 있기 때문에 설계자에 따라 한 작품을 표현하는 트리 구조의 형태는 다양할 수 있다. 설계자들은 서로의 작품 트리 구조를 비교하여 다양한 관점과 기준을 접하고 공유하게 되며 텍스트 해석을 확장할 수 있을 것이다.

설계자는 고전소설 학습자이자 챗봇 제작자이다. 설계자는 자기주도적으로 제작한 챗봇에 대한 애착과 관심이 증가하고, 이에 따라 고전소설에 대한 자발적인 학습 태도가 향상될 수 있다. 학습자가 의미 있는 무엇인가를 능동적으로 설계하고 제작하는 경험은 학생들의 내적 동기를 유발해 학생들이 자발적이고 지속적으로 학습에 몰입하게 만든다. 직접 학습자가 결과물을 제작하는 교육적 방식은 개인적, 사회적 차원에서 교육적 효과가 크다(강인애·김명기, 2017: 508).

그러나 챗봇을 사용하는 학습자의 경우 설계자만큼의 학습 효과를 얻기 힘들다. 사용자의 측면에서 챗봇은 일회성 학습 도구일 수 있다. 학습자가 처음에는 컴퓨팅 사고를 적용한 〈토끼전〉 챗봇에 흥미롭게 접근하더라도 퍼즐을 1번 맞춘 후에는 반복적으로 플레이하지 않을 가능성이 높다. 그러할 경우 학습자는 컴퓨팅 사고를 적용한 고전소설 감상이라는 챗봇 설계 의도를 충분히 경험하지 못할 확률이 높다. 그리고 학습자가 설계자가 의도한 방향과 다르게 엉뚱한 답변을 했을 때 오픈 소스를 활용한 현 단계에서는 기술적 문제로 적절한 대응이 어렵다. 그 외에도 학습자가 잘못된 선택을 했을 경우, 이전의 질문으로 돌아가서 다시 선택하도록 유도하기 어렵고, 퍼즐 맞추기 형식이기 때문에 챗봇임에도 텍스트의 정보가 많아서 학습자의 즉각적인 반응이 어렵다.

또한 설계자의 컴퓨팅 능력을 고려하여 프로그래밍 언어를 사용하여 알고리즘을 만들지 않았기 때문에 학습자가 기대하는 수준의 자율적 챗봇을 만들기 어려운 문제가 있다. 챗봇의 기반은 자연어 처리를 위한 데이터이다. 그러나 알고리즘 제작의 어려움으로 챗봇 플랫폼을 활용하여 자연어 처리에 적합한 방식으로 로우(raw) 데이터를 가공하지 않았다. 이로 인해서 챗봇 사용자가 입력하는 모든 발화에 대한 응답이 불가능해 챗봇의 자율도가 일반적인 챗봇보다 떨어진다. 챗봇 사용자 응답의 폭을 최대한 좁히고, 최소한의 데이터로 대응하다 보니 사용자의 응답은 단순화될 수밖에 없다. 챗봇의 특징인 사용자와 인터랙티브한 의사소통에서 한계를 드러낸다.

고전소설 텍스트가 현대의 일상어가 아니라는 점도 챗봇 구현 과정에서 어려움이다. 챗봇 플랫폼이 제공하는 데이터는 일상적이며 현대적인 상황에서 발생하는 발화를 중심으로 구축되었다. 고전소설에서는 일상적이지 않거나 현재는 사용하지 않는 어구, 표현들이 다수 있다. 이러한 경우 챗봇 플랫폼에서 제공하는 데이터의 범위에서 벗어나 제대로 처리가 되지 않고 대화의 의도와 흐름을 파악하지 못하게 된다. 설계자가 직접 예상되는 모든 상황과 발화에 대한 데이터나 예시를 보충해야 하지만, 다양한 상황의 모든 응답에 대응하는 데이터를 구축하는 것은 현실적으로 어려운 일이다.

현 단계에서는 이와 같은 한계가 있지만, 고전소설 챗봇 설계와 사용이 지속적으로 이루어지면, 챗봇에 적합한 고전소설 데이터가 집적되어 빅데이터를 형성하게 될 것이다. 축적된 챗봇 데이터는 자연어 처리, 인터랙티브 설계 등의 문제를 해결할 수 있을 것이다. 그리고 빅데이터에는 설계자의 데이터뿐만 아니라 사용자가 고전소설을 컴퓨팅 사고를 통해 이해한 결과가 포함될 것이다. 추후 이 데이터를 분석하면 사용자의 선택에 따라 만들어지는 작품별 트리 구조를 파악할 수 있을 것이다. 이 과정을 통해 고전소설과 트리 구조의 접점을 체계화하면 사용자가 챗봇을 설계할 수 있는 프로세스를 제공할 수 있을 것이다. 이것은 결과적으로 사용자를 설계자로 전환하게 만드는 알고리즘이라 할 수 있다. 이후 설계자는 챗봇 데이터의 생성자가 되어 자신의 이해를 바탕으로 새로 챗봇을 만드는 선순환적인 체제를 형성하는데 기여할 것이다. 따라서 챗봇을 경험하는 것을 시작으로 챗봇을 직접 구현하기까지 하나의 커리큘럼이 될 수 있을 것이다.

5. 결론

오늘날 인공지능이 사회 전 분야에 적용되면서 인간의 삶에 근본적인 변화가 일어나고 있고, 각 학문 분야에서도 인공지능과의 융합 연구를 적극적으로 추진하고 있다. 그러나 고전문학에서는 인공지능과의 융합을 시도한 연구를 살펴보기 어렵다. 새로운 융합 연구의 첫걸음을 내딛기 위하여 이 글에서는 고전소설과 컴퓨팅 사고를 융합한 고전소설 챗봇을 연구 개발하고자 하였다. 고전소설 전체를 대상으로 연구를 진행하는 것은 현단계에서 불가능하기 때문에 챗봇의 트리 구조 적용이 용이한 〈토끼전〉 이본을 대상으로 챗봇 프로토타입을 구상, 설계, 제작하였다.

〈토끼전〉 챗봇 프로토타입을 개발하기 위해 구상 단계에서는 퍼즐 맞추기 형식을 적용하였다. 설계 단계에서는 병렬적으로 나열된 토끼전 이본들의 사건을 분해하고, 결말과 사건 간의 관계를 파악해 서사 분기점을 설정하고 사건을 분류하는 과정을 진행하였다. 이 과정을 통해 선형적인 텍스트를 계층적인 트리 구조로 이루어진 챗봇으로 변환할 수 있도록 하였다. 그리고 사용자가 챗봇에 몰입할 수 있도록 에너지, 레벨 등의 게임적 요소를 설계하였다. 다음으로 제작 단계에서는 오픈소스 챗봇 플랫폼을 통해 챗봇 프로토타입을 제작하고, 프로토타입이 구현되는 과정과 결과를 살펴보았다.

고전소설과 컴퓨팅 사고를 융합하여 〈토끼전〉 챗봇을 연구·개발한 본 연구는 다음과 같은 의의를 갖는다. 첫째, 사용자가 주체가 되어 컴퓨팅 사고라는 새로운 방식으로 문학 텍스트를 분석하고 이해하는 경험을 한다. 이것은 기존의 선형적인 텍스트 감상이 아닌 사용자가 능동적으로 서사 요소로 분해하고 관계를 설정하며 조합하는 문학 감상 체험이다. 둘째, 문학 텍스트의 확장, 재구성의 가능성을 제공한다. 사용자는 서사 요소들의 경우의 수를 바탕으로 다양한 서사를 파생시킬 수 있다. 사용자는 자신만의 상상력으로 서사 전개의 다양성을 추구할 수 있다. 셋째, 챗봇 설계자와 학습자가 고전소설을 자기주도적으로 감상하고 이해할 수 있는 교육 도구로서 가치를 지닌다.

그러나 현 단계에서 다음과 같은 한계가 있다. 첫째, 챗봇 설계자에 비해 챗봇 사용자의 고전소설 교육 성과가 미흡하다. 설계자의 경우 구상, 설계, 제작 단계를 거치면서 자기주도적으로 고전소설을 심화 이해하지만, 사용자의 경우 일회성 경험에 멈출 가능성이 높다. 둘째, 오픈 소스 챗봇 플랫폼 사용으로 인한 기술적 한계이다. 챗봇 플랫폼에서는 자연어 처리, 인공지능 학습 등의 제약이 있어서 인터랙티브한 의사소통이 어렵다. 셋째, 챗봇의 고전소설 교육 효과를 실증적으로 검증하지 못하였다. 추후 연구에서 학습자가 챗봇으로 〈토끼전〉을 학습한 후, 동기 유발, 몰입감, 성취 등을 설문, 인터뷰 등의 방식으로 확인해야 한다. 그리고 대조군과 비교하여 챗봇의 고전소설 교육 효과를 면밀하게 검토할 필요가 있다. 마지막으로 고전소설 전반에 적용할 수 있는 챗봇 설계 알고리즘 및 교육 프로세스를 연구·개발하여 학습자가 자기주도적으로 챗봇 설계자로 전환할 수 있도록 해야 한다.

　이러한 한계와 문제점에도 불구하고, 본 연구는 고전소설과 컴퓨팅 사고를 융합한 〈토끼전〉 챗봇을 개발한 의의를 지니고 있다. 챗봇의 자율도가 다소 떨어지긴 하지만 컴퓨팅 사고를 고전소설에 적용하는 본격적인 첫 시도라는 의미가 있다. 앞으로 관련 연구를 지속하고 고전소설 데이터를 축적하여 빅데이터 기반의 고전소설 챗봇 개발에 기여하고자 한다.